緋彈的亞莉亞 XXVII

Aria the Scarlet Ammo

27

由多的彈奏

赤松中學

1彈　製造途中的人工天才

——妹妹？

「因為我的存在自從誕生以來十年都保持機密，所以我想哥哥大人應該也不知道才對。」

闖到我住的公寓，在玄關前對我如此表示的人物……的確是個年約十歲的少女。

身高不到一百三十五公分。穿著深藍色的吊帶裙、白色短袖襯衫搭配紅色領口緞帶，感覺很像是什麼私立小學的制服。小孩子特有的細柔黑髮長度約到肩膀處，兩旁綁有彷彿垂耳兔一樣的小馬尾。

抬頭望著我的臉蛋一如她的年紀很年幼，給人一種像是與小寵物對望的感覺。

大大的眼睛神情溫和，加上纖長的睫毛與看起來很柔軟的雪白肌膚……

總覺得跟某個人非常神似。

白雪嗎——確實很像，不過還有**另一個人物**——

「——這裡不是妳的家。給我回去！」

為了把我回想起的「另一個人物」從腦中揮散，我頓時語氣變得粗魯起來。

突然出現在面前說什麼『我是你妹妹』，這種事情光是金女一個人就夠了。

這裡是學園島的南端，第二十區。現在是下午，剛好是附近第十九區的武偵高中附屬小學放學的時間。但願只是那裡的小孩子跑來惡作劇而已，拜託啊。

「……我沒有可以回去的地方。現在知道所在地的家人，就只有哥哥大人而已呀。」

大概是因為我的發言而受到打擊的緣故，女孩子圓滾滾的眼睛忽然變得溼潤……並求助似地往前踏出半步。雖然沒有要硬闖進門的感覺，不過還是踏進了我打開的大門內側。

「『家人』？連究竟是誰都搞不清楚的人突然跟我講那種話也——」

「我是洛斯阿拉莫斯的G系列——GV（G 5th）。」

對方用比較像日文的發音說出這個英文名字，把微微握起的手放到自己胸前。

嗚嗚……真的假的啊？

美國的軍事工業綜合研究機關「洛斯阿拉莫斯」，與GⅢ和金女一樣的人工天才「G系列」——除了相關人物以外不可能會講得出這些名詞。

（……原來除了GⅢ和金女以外還有啊……！）

不，我還不相信喔。搞不好是知道人間兵器計畫的美軍關係人——為了接近與GⅢ有聯繫的我，而故意派諜報員來自稱是我妹妹的。

「少在那邊胡扯，我才不會上當。」

「我沒有騙人呀，哥哥大人……」

「總之妳給我回去！要是又多了個妹妹誰受得了啊！」

「哥哥大人，哥哥大人……嗚……嗚嗚……」

嗚哇，她哭出來啦，這個十歲兒童。話說她就連哭的方式都跟白雪有點像啊。

就這樣……我們在大門前『回去』、『哥哥大人』地互相爭執了好一段時間後……

從我房間所在的二樓公共走廊忽然傳來腳步聲。

我以為是這個間諜小妹妹的隊友來支援，於是從門旁往走廊一看……不對，是住在兩間房隔壁的女性。身穿紫色的連身長裙，一頭長髮又捲又蓬鬆。

我住進這裡之前有稍微調查過附近居民——這女人白天總是遊手好閒，眼神陰沉，感覺非常可疑。於是我仔細調查後發現，她是個自稱「我擁有神靈感應力」並透過ＳＮＳ招客，收取高額的費用幫人做什麼可疑祈禱儀式的傢伙。雖然似乎是還算有名氣的靈媒師，但我就是最討厭那種不科學的玩意。而且仔細看還是個巨乳美女，更讓我看不順眼。

學園島南端等於是東京的邊緣地帶，地價便宜，居民水準也很低。畢竟就連我這種人都會住進來嘛。因此會有那種詐欺師女人也是沒辦法的事情，不過——

「……？」

那女人忽然「沙沙」地搖動用細石串成的項鍊把頭轉過來，皺起眉毛看向我。一臉感到可疑的樣子。

（……嗚……）

因為她那視線我才注意到，我這邊現在是──從白天就遊手好閒，眼神陰沉的無業男子正在惹一個小學女生哭泣的畫面。

不妙，我現在簡直比對方還要可疑啊。要是讓那女人跑來介入，可是會讓狀況變得更麻煩。

而且這個自稱妹妹的傢伙用手背擦拭著不斷湧出的淚水，感覺隨時都要嚎啕大哭了。

「……總……總之、妳先進來。」

不得已之下，我只好──讓這個自稱妹妹進到家裡了。

姑且不論這傢伙究竟是不是真的妹妹，但是才剛搬進這棟公寓的我總要想辦法自保啊。

大概是沒什麼力氣的關係，試了好幾種握法才好不容易從門外把行李箱搬進房內的自稱GV……很有教養地把行李箱放到玄關旁不會礙事的位置，然後把一個超典型的紅色小學生書包也拿進來放到牆邊。

「……打擾了……」

接著對一臉不開心的我戰戰兢兢地如此說道，把脫下來的黑鞋子也整齊擺好之後才進到室內。

（在以前住的地方，我也有遇過亞莉亞自備過夜用品硬是住進來的事情……而這次的對象總讓我有種跟亞莉亞一樣很不妙的預感啊……必須快點把她趕走才行……）

坐下來把身體靠在客廳牆上的我——也不理會畏畏縮縮跟著我進來的這個自稱妹妹……

「我先跟妳講清楚，我可沒有讓妳住下來的意思，只是因為被鄰居懷疑才暫時讓妳進來的。只要等那女人不再注意這邊——我想想，大概十分鐘之後吧，妳就給我出去。在那之前妳都不准靠近我，給我乖乖待在牆角。我現在可是把手槍的安全裝置解除了喔。」

「……」

ＧＶ頓時把她的頭連同兩根小馬尾一起垂了下去。接著從她妹妹頭瀏海底下的雙眼……滴答。滴答。

淚水一滴一滴落在客廳的木頭地板上。

……看起來不像是演技。遭到我提高警戒的事情原來讓她那麼難受嗎？

但是——我依然努力讓自己不去理會她。至今的人生中，我已經被女人的淚水害得走錯了一堆路。而我現在離開了學校，離開了公司，好不容易要踏上全新的人生了，怎麼可以再讓女人的淚水來礙事。總之就是這十分鐘，我就用手機看看推特消磨時間吧。硬起心腸ｉｎｇ。但是就在我這麼想的時候……

ＧＶ忽然抱住自己的肚子，全身蹲下來。

「……妳、妳怎麼啦？」

以為是她肚子痛而忍不住搭話——狠心時間才短短十秒就結束的我，耳朵接著便聽到「咕嚕……」的微弱聲音。從GV纖細的腰腹部。

「……不、呃……對不起，因為進到屋內讓我安心下來，才想起自己從昨天就什麼東西都沒吃……」

「是肚子餓啊……呃……！」

在紅著臉抬起頭的GV面前，我也跟著臉紅起來了。

因為GV小妹妹的身體、的下半部分、在各種意義上大有問題ing……！

首先，她蹲下來的動作是沒有把雙腳併攏、通稱『小女孩蹲』的姿勢。前幾天從我手中接下社長職務的中空知也有用這種動作蹲下的壞習慣，害我總是不知道視線該往哪裡放。另外理子也經常在我面前故意用小女孩蹲給我看，對於自己是個女生的認知非常缺乏的蕾姬也經常會使用這招。

不過那些傢伙因為都不是真的小女孩，所以雙腳張開的角度比較小，加上女性皮下脂肪較多的大腿內側偶爾也會從左右遮擋通往迷你裙深處的視線。另外，蓋在大腿上的裙襬所造成的影子，也偶爾會幫忙隱藏位於深處又白又亮眼（理子的狀況是金色）的某種毒辣物體。

然而，GV的開腳……即使不到幼稚園兒童的程度，也依然有到小學女生經常會有的中等級角度。大腿的皮下脂肪也很少，無法期待遮擋視線。而且剛才因為有身高差距的關係，我都是從斜上方俯視，沒注意到她穿的裙子也是小女孩特有的超短裙。

即使裙襬蓋在大腿上，與深處的某物體之間的距離也太短了。

夏日午後的陽光透過窗戶照進來，綽綽有餘地入侵到她裙子內側——

糟糕！我的兩顆眼球捕捉到某種純白物體的反射光……！

（——驪——鼺——鸜！）

別怕！眼球並不是終點。只要在腦內遮斷視覺情報，就能抑制爆發血流。

因為數質數這招用過太多次已經效果變弱了，所以我趕緊在腦內書寫最近學到的困難漢字，將通過視神經差點就要抵達間腦底部的視覺情報當場遮蔽。

畢竟我可是曾經被霸美和猴搞到爆發的強者。萬一現在和這小女生兩人獨處的狀況下進入爆發，就是重大犯罪，武偵三倍刑。到時候就要到長野的第五級拘留所和小夜鳴重逢啦。

ＧＶ是個貨真價實的小女孩，對於自己蹲下的方式會缺乏戒心也是當然的。要是我講出來，等於就是我把小女孩視為女性的意思了。因此我也沒辦法開口糾正她……

「真、真是沒辦法……」

聰明的我這時注意到，是因為我也坐在地板上才會在角度上可以看到對方裙底，於是我立刻站起身子。

然而要是被對方知道我為什麼要站起來也很傷腦筋，因此……

「我帶妳去吃些東西就是了。跟我來。」

我酷酷地嘆了一口氣後，附帶說出這樣一句話。反正多虧這場意外讓我知道這個自稱妹妹的裙子下沒有藏槍，跟她一起行動應該也不會有什麼危險吧。

我現在雖然沒有工作，不過有TBJ的退休金，因此決定今晚就到台場外食了。反正我剛好也必須採買食材跟日常用品嘛。

叫她跟我來就真的乖乖跟我過來的GV——身上飄散出像是棉花糖的味道。原來女人從小孩子的階段就已經會散發甘甜的氣味啊。

「這裡就是東京……好厲害。好大的城市喔……！啊！是摩天輪……好漂亮……！」

透過東京臨海線單軌列車的車窗，GV眼神閃亮亮地眺望著漸漸進入黃昏的台場。

「美國也有大城市吧？」

一方面也是為了確認這傢伙是否真的是GV，我故意提出夾有「美國」這個詞的話題——

「我自從被製造出來之後，就從來都沒有從洛斯阿拉莫斯國立研究所出來過。」

——她回答我的講話方式相當自然，應該沒有在說謊……吧。

對於自己不是講「被生出來」而是講「被製造出來」的部分，也聽不出口氣中有什麼感傷，是早就已經接受這點的人才會有的講話方式。這點跟從小就被當成人間兵器培養的人工天才——金女以前提過的情報也相符合。

到了台場下車後，當GV要通過自動驗票機時——啾啾。

「咦……為什麼只有我通過的時候會啾啾叫呢……？」

「因為妳用的是兒童票。為了防止成人買兒童票闖關才會故意響起小鳥叫聲啦。」

「原來是這樣！真是可愛。我雖然對日本的鐵路有稍微學習過，但是這個機制我是今天第一次知道呢。」

ＧＶ抬頭笑咪咪望向我的表情——看起來就像是流亡自由國度的願望總算實現似的，充滿幸福。

在台場今天有舉辦女孩動畫（光之美少女）的相關活動，吸引了很多父母帶小孩的遊客，因此就算我帶個小女孩一起走在街上也不會太顯眼。不過也因為這樣，無論麥當勞還是美食街到處都客滿了。

於是我只好帶著一路上不管看到兒童服飾店、雜貨店或公共電話都會閃耀著眼睛讚嘆「我第一次親眼看到呢……！」的ＧＶ，來到DECKS六樓的餐廳街。

雖然這邊也是人滿為患，不過一間名叫『1129 OGAWA』的西餐廳說他們的陽臺席還有空位——我們便進去了。雖然這間店價格有點高，不過偶爾吃吃看也沒關係吧。

「日本真是個富裕的國家呢。而且很和平。」

我與用圓滾滾的眼睛眺望街景的ＧＶ來到觀海陽臺席，可以聽到從東京灣傳來的海浪聲。在黃昏的天空中有海鷗飛翔，從台場海濱公園傳來暮蟬的鳴叫聲。雖然必須和自稱妹妹在一起這點要稍微扣點分數，不過還真是感覺不錯的夏季傍晚景象。

「——和平，嗎？但願是那樣。」

我對於自己的和平生活正遭到威脅的事情委婉抱怨了一下，並打開菜單。

「話說，妳日文講得真好啊。雖然『哥哥』後面通常不會加『大人』就是了（註1）。」

隨便點了一份兒童套餐和一份豬排咖哩後，對GV依然抱有懷疑的我提出這樣的疑問。結果……

「因為G系列是在日文跟英文的環境中培育的。」

GV對我如此說明。所謂「G系列」是指繼承了我父親——遠山金叉結構基因的人工天才。像GⅢ還有GⅣ——金女也都是這樣設計出來的。

「人間兵器是為了在世界各國進行破壞行動而製造出來的。而為了其中的臥底作戰，在培育時也會教導其基因來源者祖國的母語。像T系列就是俄語，C系列是阿拉伯語，R系列是西班牙語。」

如此這般……GV對我一點都不隱瞞這些想必是機密內容的人工天才相關情報。

相較於對她抱有戒心的我，她倒是非常信任我。

「我聽說哥哥大人和GⅢ與GⅣ都有交流。那兩人的日文應該也講得很好才對。」

註1　GV所說的「哥哥大人」原文為「お兄ちゃん様」，跟白雪的「小金大人（キンちゃん様）」一樣是「ちゃん」＋「様」的雙重接尾詞。

「不過他們可從來沒提過關於妳的事情喔。你們沒有見過面嗎？」

「沒有。因為他們是第一世代，而我是第二世代的人間兵器。即使同樣在洛斯阿拉莫斯，我們居住的區域也不一樣。第二世代在戰略地位上比較高位，因此我會知道他們的事情，但他們並不知道我的存在……呃，我有看過資料上寫說，哥哥大人曾經擊敗過戰鬥力評價為第一世代最強的GⅢ——」

「那時候的我是年少輕狂啦。不過我現在已經洗心革面，是個用功念書的普通人了。」

我頓時垂下嘴角，但並沒有否定曾經贏過GⅢ的事情。結果——

「好厲害……！我本來以為那是資料有誤，但原來是真的。哥哥大人比我們這些人工創造出來的人間兵器還要強，是天然的人間兵器呀。才不是什麼普通人呢。」

GV興奮地把身體伸到木紋餐桌上，眼神閃亮亮地這麼稱讚我。

……但是那種稱讚方式讓人一點都不高興喔？

「然後呢？那所謂的高等人工天才大人為什麼會跑到我這裡來？」

「我——是為了連我自己也不清楚內容的某項祕密作戰，從洛斯阿拉莫斯被送到駐日美軍基地的。我一想到自己可能被使用在什麼很恐怖的事情上……搞不好會在這個國家奪走許多生命……我就覺得好害怕。因為我應該真的能辦到那種事情……」

「……」

「所以我就鼓起勇氣——用滅火器敲昏負責護衛我的人工天才，然後逃出來了。」

嗚哇，她已經幹掉一個人啦……

「關於哥哥大人的事情，我是透過五角大廈（國防部）的準危險人物名單知道的。然後也知道了哥哥大人是我的家人。原來我其實也有家人。而書籍和字典上都有寫，所謂的家人……是會不計較得失互相幫助的人。所以我就……」

ＧＶ那彷彿在向正義使者求助似的表情——以及講話時的口氣，都感受不到她在騙人。最低限度的前因後果都講得通，內容也包含了美軍關係人以外不可能知道的情報。講的話也有條有理，讓人不敢相信是個十歲兒童。

（雖然我很不想承認，但是……）

這下看來我必須把她當成真的『ＧＶ』來對待，否則在行動上可能會出錯啊。不過話雖如此，日美之間的關係現在並沒有特別緊張。因此我想ＧＶ應該——不是為了實戰配置，而是為了演習或實驗之類的目的被帶來的吧。

不久後，我為ＧＶ點的餐點——有用番茄醬畫了一隻小貓的蛋包飯、一塊小小的漢堡排、炸竹筴魚以及上面擺有草莓的迷你聖代等等東西的兒童套餐被端上桌……

「哇～……！」

大概也是因為肚子很餓的緣故，ＧＶ又露出閃閃發亮的眼神。以前我有聽ＧⅢ說過，在洛斯阿拉莫斯都是以考慮到營養均衡的膏狀食物為主食。或許ＧＶ也是從小都吃那種玩意吧。

「哎呀，總之妳吃吧。畢竟妳跟我講了很多，就當作是情報費啦。」

因為我自己點的豬排咖哩也上桌了，於是我一邊開動一邊這麼說道後——

GV開開心心地把紙餐巾塞到自己衣領前——

「是，我開動了！謝謝哥哥大人！」

眼角下垂的雙眼露出陶醉的神情對我如此道謝，接著一臉興奮地開始猶豫該從哪一道菜下手。

最後，她用塑膠筷夾起形狀有點像愛心的炸竹筴魚，拿到嘴邊咬了一口……

「好好吃……！這麼好吃的魚，我第一次吃到呢。雖然在日本臥底行動的訓練中，我有學過料理。可是……」

把小手放到臉頰上的GV，接下來不管吃什麼都「好好吃」、「好棒」地表現得非常開心。雖然這餐點花了我八百八十日圓，不過能看到她吃得這麼高興……我也不禁有點高興呢。

（這麼說來，茉斬以前好像講過，老爸的小孩有『三男兩女』。）

原來這女孩就是其中的么女嗎……不，就算真的是那樣，詳細的狀況目前還不清楚——因此不能鬆懈大意。絕對不能讓對方抓到自己的破綻啊。

然而，我很快就讓對方抓到破綻了。

用完餐後，我為了採買日常用品而走向台場的超市……結果居然踩到地上的小鋼珠，「砰！」一聲像漫畫一樣全身往前跌到路面上了。

「哥、哥哥大人，請問你沒事吧……！」

「痛痛痛……為什麼在這種地方會有小鋼珠掉在地上啦……這附近又沒有柏青哥店。」

我抬起頭便看到GV又是穿著短吊帶裙用小女孩蹲的姿勢蹲下來，於是趕緊在腦中回想韉、籲、龗等等的漢字並站起身子——表示「我沒事」之後快步走向Maruetsu超市台場店。

通過自動門進入超市店內後……

「……這就是、超級市場……！我第一次來呢……！」

興奮不已的GV小妹妹先是東張西望一番，接著發現購物用的推車，綁在兩旁的小馬尾便忽然跳起來顯示出『我有興趣！』的反應，然後將雙手握拳放到胸前……

「我說，我說，哥哥大人，請問你是來買東西的對吧？那個推車，請問可以讓我推嗎？我會加油的。」

嗯~的確有很多小孩子很喜歡推那個東西啦，不過……照她這樣子，假設真的讓她到日本來做臥底，應該也無法勝任間諜的工作吧……？

GV剛才有說過她『沒有從研究所出來過』，可見她應該是個還在訓練途中的人工天才吧？然後那個教育她的工作，現在不知道為什麼變成我在負責了。

「……那妳就去把推車推過來吧。不過那玩意沒有剎車功能，妳可別從後面追撞我喔？」

就這樣，我帶著在背後又是「哇，好新鮮的蔬菜」又是「這裡有肉呢」地，不管看到什麼都用莫名可愛的聲音實況說明的ＧＶ……並且把米、白蘿蔔、紅蘿蔔、鴻喜菇、吐司等等東西放入推車籃中。

另外……因為ＧＶ興奮得又跳又叫「哇！好棒！好圓好圓呢！一條一條紋路呢！」的關係……明明她也沒吵著要買，我還是連小玉西瓜都給買了下來。

「啊……哥哥大人，這個……」

我不禁在想『這次又是什麼了』並轉回頭一看，發現ＧＶ把推車停在零嘴販賣區前。原來如此，畢竟那地方對小孩子來說是天堂嘛。

不過，總覺得她的反應和剛才都不一樣，而且眼睛直盯著袋裝的棉花糖。

「……妳喜歡吃棉花糖？」

「啊，是的。味道我也很喜歡，不過……我們這些人間兵器每個人都有特定食物才能解除的活命限制。像我就是要同時攝取蛋白與明膠——而我有靠自己調查知道，只要偶爾吃棉花糖就可以……」

就是跟ＧⅢ的番茄、金女的牛奶糖一樣的東西啊。既然這樣，我也必須讓她吃棉花糖才行啊，就當作是幫忙推購物車的獎賞吧。

冰箱或電鍋之類的家電我有拜託車輛科的武藤幫我從男生宿舍搬送過來，而餐具類也預定到時候會一起送來。不過今明兩天還是需要有餐具應急——於是我也買了免洗的湯匙、叉子、紙盤等等。還有之前用的菜刀已經變得不利了，所以也買了一把新的菜刀。

啊，看到菜刀我就想起來……雖然從菜刀回想到那種事情也很奇怪，不過……我想到金女……

（要是讓這個ＧＶ和那個痴妹接近相遇，會不會很不妙啊？）

——暴風雨的預感，在遠山金次腦中颳起。

話雖如此，但ＧＶ大概因為是第二世代——改良版的妹妹，所以感覺並沒有像金女那樣人格扭曲的樣子。也看不出會把我的手臂硬扳到奇怪的方向，強迫我在結婚證書上蓋指印的暴力性。因此這兩位人間兵器妹妹之間應該不會爆發大戰才對吧。看來是上天也對我感到同情，所以這次送一個簡單等級的自稱妹妹來給我了。可是說到底，拜託祢根本就不要送什麼妹妹過來行不行啊，上天？

雖然因為買了什麼西瓜讓行李變得很重，不過ＧＶ主動表示要幫忙提裝有洗髮精或沐浴乳等等東西的購物袋，在這點上算是幫了很大的忙。

而在這段購物過程中我再度體認到……和ＧＶ一起行動時的感覺果然和其他人就是不一樣。

我這個人通常和女生一起行動就會精神疲憊到連講話都懶的程度，但是跟ＧＶ就不會有那種感覺。這點和金女很像。雖然金女在別的意義上會讓我感到疲憊就是了。

這樣回想起來，ＧＶ剛才吃飯時的用餐方式或動作——還有更重要的是她溫柔的表情、溫和的笑臉……果然會隱約讓我想起**某個人物**。

（既然這樣……我如今才把她趕走也有問題啊。）

其實我也可以選擇現在把她甩開逃走，但如果她真的是我妹妹，不，就算不是妹妹——把一個小女孩丟在夜晚的繁華街也讓人很於心不忍啊。雖然台場相較下治安比較好一點啦。而且她既然到這時間都還跟著我，表示她說自己無處可去也是真的。

（真沒辦法，就稍微再觀察一下狀況吧……）

也就是說，要讓她在我家過夜的意思了。

在走回台場車站的路上，逼不得已做出這項決定的我——腦中的安全保護迴路忽然啟動。

過去以亞莉亞和白雪為首，我這個人天生背負有總是遇到危險女人不請自來住進家裡的不幸命運。也因為這樣，對於那種狀況中可能會發生的不幸意外我也能預測走向並想到對策。

這次最危險的——就是**洗澡**了。當我在享受泡澡的時候，對方很可能會說什麼「哥哥大人，我來幫你刷背……」之類的話然後闖進來吧。我可不會讓妳得逞喔？

於是我帶著ＧＶ來到 AQUA CiTY 台場……很好，因為現在是夏季，很快就讓我找到啦，泳裝店。雖然陳列的商品有點角色扮演的感覺就是了。

「哥哥大人，請問現在是要買什麼呢？」

對於跟到店裡疑惑地眨眨眼睛的ＧＶ……

「類似急難用品一樣，但願不會派上用場的東西啦。」

我如此回答，含糊帶過了。

因為店面本身對爆發方面就很不好，而且西瓜又很重，讓我不想花太多時間仔細確認，不過反正只要小件一點應該就是給小女孩穿的吧。於是我隨便抓了一個裝在手掌大小收納袋中的便宜泳衣，便快快結帳走出店門。

以前金女入侵到浴室的時候，因為她身上有穿泳衣讓我避開了瞬間爆發的運命。所以要是ＧＶ準備闖進浴室，我就叫她穿上這件泳衣吧。這就是居住在災害大國日本的我所培養出來，有備而無患的防災意識啊。

搭乘單軌電車回到夜晚的學園島，抵達位於第二十區的第４公寓２０４號房之後——ＧＶ徵得我的同意使用肥皂與紙杯洗手&漱口。於是我也效法她把手洗乾淨，然後拿另一個紙杯漱口了。

「哥哥大人，那個……再次感謝你願意讓我進到屋裡來。」

「那件事就別再去在意了。反正從妳的長相和舉止上，我就已經多少有察覺到妳是遠山家的人——也就是我妹妹啦。」

關於這點，我這次決定早早舉白旗投降了。畢竟以前金女的時候就是因為我老是不願意承認，固執表示『妳才不是我妹妹』的緣故，結果讓事態漸漸惡化的。

「——話說回來，妳剛才有說過妳正在被人追。是誰在追妳？再說，妳又是怎麼知道我家地址的？目前應該只有我和不動產仲介知道我住在這裡才對啊。」

準備要過和平日子的時候就立刻又遇上問題，這幾乎可以說是天生運氣不好的我每次都會遭遇的模式。現在既然事情已經變成這樣，我與其要拒絕這女孩還不如思考對策比較重要。因此我決定首先來確認一下關於追捕者的事情，還有住址洩漏等等的危機管理情報。可是……

「……」

「喂。」

「…………」

GV怎麼……坐在客廳轉回頭，全身僵住了。

我隔著她那跟金女有一點像的側邊瀏海一看，發現她雙眼恍神，嘴巴也有點打開，感覺有點像是把視線聚焦到牆壁另一側的樣子。

「怎麼啦？」

「……哥哥大人，請準備好武裝。手槍請藏在後背槍套之類的地方。」

——怎麼回事？總覺得——她的語氣聽起來像是探測到敵對性存在正在接近的感覺。

可是她怎麼知道的？明明她現在手上也沒拿什麼通訊器之類的東西啊。

然而我還來不及詢問這點，GV就忽然從玄關把自己的鞋子拿進來，藏到廚房的流理臺下。原本放在走廊的小學生書包與行李箱也都搬進浴室內，把放在洗手臺邊的兩個紙杯之一也揉爛丟棄。

「……妳的追捕者嗎？」

「是的。叫作ZII——負責護衛我的第二世代人工天才，是個超能力者。對不起，因為沒什麼時間，我只能先告訴哥哥大人對應的手續。」

姑且不管GV究竟是怎麼知道對方接近的，不過……該死！居然是超能力者嗎？那是我很不擅長對付的領域啊。

「我到這裡來的痕跡應該都有清除乾淨，因此我會先躲起來。關於我的事情，請哥哥堅持表示『沒有到這裡來』。如果那樣不行，我也會出面交涉。萬一還是不行，就請準備進入戰鬥狀態。」

既然把這女孩帶回家裡，我也早就做好一定程度的覺悟會被扯進麻煩事中——但是也未免來得太快了，我根本什麼準備都還沒做好。普通模式下的我要對付人間兵器的超能力者負擔也太重了。這下我必須謹慎對應，不要讓狀況進入戰鬥才行。

GV一臉愧疚地快快躲進浴室，但大概是因為沒有開燈的關係，裙襬不小心被門夾到，然後從浴室內硬是扯了進去。真的沒問題嗎？有辦法藏到最後嗎？就在我如此緊張兮兮的時候——

……叮咚……

門鈴響起。嗚嗚，居然真的來啦。

話雖如此，不過對方並沒有劈頭就炸破家門闖進來，或許是可以溝通的對象。

真沒辦法，我就先試著交涉看看吧。如果不行就用施壓恐嚇，再不行最後才靠武力。畢竟我和某個動不動就先訴諸武力的亞字輩雙槍手不一樣，是個文明人嘛。

既然要假裝GV不在這裡，讓來訪者等太久也很奇怪。於是——

「……誰啊？如果是報紙推銷我可不訂喔。我沒那種錢。」

我透過連自己都覺得很差的演技如此說著並打開門一看。

——嗚哇！亞莉亞！

不對，頭髮是黑的。用讓人容易看錯的紅色尖緞帶綁成雙馬尾，一四〇公分左右的身高與眼角尖銳的紅色眼睛都跟亞莉亞很像，臉蛋也是個白人美少女。然而在西裝外套底下的胸部很大，從這點就能確定和亞莉亞完全是不同人物。

年齡大約是中學生。黑色的百褶裙下白皙的腿部套有白色膝上襪。握有尋龍棒——也就是水巫尋找地下水脈時使用的L型金屬棒，神祕學道具——的雙手也套有白色手套。是個肌膚外露面積極少的女孩。明明現在是夏天的說。

（接著美少女小學生之後又是美少女中學生跑來一個無業哥哥住的地方……簡直就像理子喜歡的美少女遊戲會有的劇情啊。）

我對嘴角下垂瞪向我的少女——ZⅡ嗎？手中握的尋龍棒指了一下後……

「搞錯房間了吧？妳是來找住在隔壁再隔壁那間的占卜師的客人嗎？」

一方面為了確認對方懂不懂日文而試著如此詢問。

結果ZⅡ姑且……露出一臉「？」的表情看向隔壁再隔壁的家門後……

「不，就是這裡。你就是遠山金次——Enable吧？」

明明我連名牌都還沒掛到家門前，她就用腔調有點奇怪的日文說出了我的名字，甚至連稱號都講了出來。

看來這傢伙果然就是GV的追捕者了。

「……在詢問對方名字之前，自己先報上名來。」

「我沒有名字。產品名是ZⅡ。有沒有一個小女孩到這裡來？」

抬頭瞪著我，把圓滾滾的雙峰挺起來如此質問的ZⅡ——雖然身上穿的服裝像個私立中學的女中學生，不過態度和講話方式倒是像個軍人。

之所以年齡莫名年輕，大概是因為和GV同樣是人工天才「第二世代」的緣故吧。因為是第二世代，所以年紀比第一世代的GⅢ或金女還要小啊。

「跟年長的對象講話時給我用敬語。這裡誰都沒有來過，就連我自己都才剛住進來而已。回去。」

雖然我剛才有想過要藉由對話套出一些情報，但對方如果是美少女就另當別論了。要說到我討厭什麼，我最、討、厭的就是美少女。那些爆發性炸彈炸毀過好幾次我的日常生活，害我的人生都已經變成瓦礫堆狀態了。而且美少女特有的那種仗恃自己的美貌而態度高高在上的惡劣性格也讓我很不爽。像眼前這傢伙就有那種典型的高傲感覺，讓我一點都不想跟她交談。去重新投胎成男性之後再來找我吧。

ZⅡ大概是從我的凶惡眼神感受到我的敵意……

「我的探測術成功率有九十七%。絕對是這裡沒錯！為了世界和平，也就是為了正義，我要搜查屋內！」

她居然擅自穿過我身邊，而且連腳下的黑短靴都沒脫就邁步打算進入屋內。於是……

「妳至少給我脫鞋子啊。」

我絆了一下她的腳，結果……

「咪、咪呀！」

啪噠！

她輕易就被我絆倒，而且還很誇張地用高舉雙手的動作往前倒下。

雖然剛才也用同樣的動作跌倒過的我沒什麼資格講別人，不過這傢伙的訓練等級真低啊。

剛才這種程度的絆腳，就算是武藤也不會跌得那麼難看。這傢伙真的是什麼人間兵器嗎？啊，她後腦杓還有大概是被GV用滅火器敲過的腫包。

話說……嗚喔！ZII剛才跌倒的時候用膝蓋跟地板夾到她自己的裙襬……讓裙子整個都被扯下來啦！黑色的百褶裙，一路被脫到小腿的部分了！為什麼那裙子會那麼好脫啊！

畢竟這女孩全身只有三種顏色構成，因此我本來就預測她裙子底下那塊毒辣布應該也是紅、黑、白三色之一。果不其然，就是黑色的。緊緊包覆白色小屁屁的黑色化學纖維布徹底曝光，害我被嚇得心臟一縮……但我發現那塊黑色布料有延伸到上衣底下。

不知道為什麼，ZII在衣服底下穿的居然是像黑色校園泳衣的內襯衣。

換言之，那並不是內褲。當我知道這點後，原本上升到八十%的爆發血壓便下降到四十五%左右了。

「你……你這傢伙！居然對高貴的人工天才做出如此無禮的行為！我才不是、會屈服於、這種卑劣手段的、女人！要脫的時候、我自己、會脫！」

不知道是因為跌倒撞到還是因為裙子被脫下來的關係，變得臉蛋通紅的ZII用單腳跳啊跳地穿起她的黑裙子，同時伸手指著我如此臭罵。

是說，這傢伙……根本破綻百出嘛。就連普通狀態的我都能把她趕走了。

「V大人～！妳如果現在出來我就不生氣喔，請快點出來吧！」

把裙子重新穿好的ZII接著侵入到廚房中，乒乒乓乓地打開櫥櫃尋找GV。

「喂！動作不要那麼粗魯！這裡可是跟人租的房子啊！」

要是讓她打開流理臺下的櫃子，GV的鞋子就會被發現。於是我趕緊上前制止——

「囉嗦，不要礙事！」

把黑色雙馬尾用力亂甩的ZII雙手抓起我剛剛買回來放在廚房的西瓜，朝我一擲。

結果西瓜當場「砰！」一聲命中我的頭部——

「嗚喔！」

西瓜有九成都是水分。我被敲得往後一仰的同時，西瓜汁液便「嘩唰！」地淋在我的臉部與肩膀上。

「混帳……！這西瓜可是很貴的啊！」

——既然對方用上西瓜炸彈，軍事衝突也無可避免了！

於是我抓起同樣放在廚房的白蘿蔔……

「V大人！這種像養兔籠一樣的小房子，沒多少地方可以讓妳躲喔！」

瞄準東張西望尋找GV的ZII頭部……

「對不起喔我家就是很小！」

全力揮棒，讓蘿蔔「砰！」一聲被折斷，甚至有一部分都化為蘿蔔泥了。雖然這種事沒什麼好說嘴，但我現在既不是學生也不是社會人士，不管做了什麼都不用怕遭到退學或開除啦。管妳是女中學生還是什麼，我都照毆不誤。無業者無敵啦。

「咪嗚！」

ZII就像江頭2：50（註2）一樣「砰！」一聲往側面倒下，「唰！」地一頭栽進放在地板上的超市塑膠袋中。然而她很快又彈起來，把袋子裡的紅蘿蔔扔啊扔地朝我丟過來。因為紅蘿蔔其實很硬，於是我趕緊用剩下一半的白蘿蔔把它們一根根打落到地上。

註2日本搞笑藝人。

「呸！呸！」

紅蘿蔔飛彈用完之後，ＺⅡ接著把她大概是剛才倒下的時候塞到嘴巴裡的鴻喜菇連同唾液朝我吐出來。簡直就像羊駝的攻擊方式，髒死了！

我把最後僅存的一點點白蘿蔔尾巴丟出去，假裝要逃跑……但其實是為了把ＺⅡ從ＧＶ躲藏的浴室引開，而跑向客廳的方向。

接著往牆上的開關一按，關掉客廳的電燈，並且躲到從走廊一進入客廳的入口角落……

「把Ｖ大人還來，這個少女綁架犯！」

就在ＺⅡ跟著追進客廳的瞬間，轉身同時伸出手臂——「磅！」一聲對她使出以前蘭豹也常對我施展的斧爆彈（axe bomber）。

結果這招漂亮擊中ＺⅡ的頸部……

「啊嗚！」

加上她自己衝刺過來的速度力道，讓她當場往背後倒下了。而且大概是她的習慣，又跟剛才一樣把雙手高高舉了起來。

因為這樣又從她腰部鬆脫的鬆垮裙子獨自順著慣性往客廳內飛去——我打開電燈一看，發現ＺⅡ兩腳開開呈現大字形……或者說，因為雙馬尾也朝兩側伸開，讓她呈現天字形倒在客廳入口了。雙眼打轉，彷彿都有小鳥在頭上轉圈圈的感覺。

「……就這樣，事件落幕啦……」

我說出祖先代代流傳下來的勝利宣言，並抓起ＺⅡ的雙腳腳踝，將她拖向玄關大門。為了把這個上半身西裝外套，下半身連身泳衣的古怪打扮女中學生丟到屋外，而在走廊上把她拖啊拖地……結果她的腳踝忽然扭動起來，「啵」一聲脫掉了黑色短靴，甚至連白色膝上襪也像蛇蛻皮一樣被脫下來，讓ＺⅡ逃出我手中。看來是她被拖到一半時就從朦朧狀態恢復意識了。

「我不會再原諒你了……Enable！不過你只是區區的人類，我就用**這個程度**對付你。」

雙腳完全裸露出來，但是上半身卻又是外套又是手套地全部覆蓋起來，使外觀變得非常不協調的ＺⅡ——在走廊上緩緩站起身子。

她瞪向我的那對彷彿會發光的紅色眼眸——釋放出的魄力……不知不覺間變得和剛才連凡人都不如的感覺完全不同。

（嗚……？）

彷彿強度指數急遽上升似的，ＺⅡ開始釋放出**真強者**的存在感了。

而且那感覺還一秒一秒地不斷提升。

以前我從夏洛克、GⅢ、獅堂、可鵡韋與茉斬身上都有感受過的——這個、感覺。

「……妳是、乘能力者嗎……！」

所謂的乘能力者，就是指身體器官能夠發揮出常人的幾十倍，有時甚至幾百倍能力的特殊能力者。像獅堂的肌質多重症，茉斬的複數大腦皮質——以及我的爆發模式，都算是其中一種。

但是，乘能力者和超能力者不一樣。照GV所說，這傢伙應該是超能力者才對——

「居然以為我只有那種程度，也太蠢了吧。反正你應該也已經聽GV說過了。我們第二世代是父母親兩邊的染色體都擁有特殊能力的人工天才。簡單講，就是比你們這種天然特殊能力者或是父母只有一邊是特殊能力者的第一世代還要強2倍的意思。」

兩邊的染色體——也就是把某種特殊能力者與另一種特殊能力者互相交雜，設計成能夠擁有兩種力量的混合種嗎……！雖然那樣是不是真的就能變強2倍先姑且不談啦。

「我的皮膚和一般人的皮膚不一樣。對於因為含量極少，普通的超能力者都會忽視的大氣中超能力燃料——被稱為Prana、Pneuma或是氣的力量，我的吸收效率高達幾百萬倍。雖然平常都靠穿衣服覆蓋肌膚來抑制，不過隨著外露的肌膚表面積就能提高吸收能力。我身為斯巴達兵後代的父親就是擁有這項被稱為Caderia Spartan Syndrome——CSS的體質的人物呀。」

雖然「普通的超能力者」這個講法讓我差點昏到，不過我還是勉強撐住……照我的方式來解釋的話……ZII的體質能夠從空氣中吸收超能力的燃料，而吸收的量與她外露的肌膚表面積成正比。換言之就是——越脫會越強的女人。

雖然聽起來有點蠢，不過她這種超能力機制的自由度遠高於必須攝取酒精的梅雅或是必須使用電力的希爾達啊。怪不得她會穿那麼容易脫下的裙子。

「而我的母親是樓蘭坤道的後裔。透過從大氣中不斷吸收的力量，我可以持續施展大火力的魔術。你可知道這代表什麼意思？」

她這段話——讓我回想起佩特拉的「無限魔力」。

雖然機制不同，不過這傢伙就跟從衛星軌道上的金色金接收魔力的佩特拉一樣——套用白雪的形容，就是「砲彈用不完的戰車」。

（……嗚……）

當我理解到這邊，額頭忍不住滲出汗水。而ＺⅡ就像是故意秀給我看似地——用戴有白色手套的指頭嫵媚地輕撫自己外露的大腿肌膚。

要來了——魔術。是什麼玩意？像白雪那樣的火焰刀嗎？像貞德那樣的鑽石冰塵嗎？還是像莎拉那樣的龍捲風……！

「露出肌膚會變強，是我家祖先遠山金四郎的專利啊。給我付專利費來。」

「誰理你。比起男人的肌膚，女性的肌膚才比較美吧。」

「不要只用妳的審美觀評斷事物。至少對我來說，看到女人脫衣服我也一點都不開心。」

即使額頭流著冷汗，我還是為了拖延時間而講著這種話的時候——

「……嗯……？嗯……！」

ＺⅡ稍微思考了一下後……像是想到什麼而「啊！」了一聲，對我露出感到抱歉的表情，白色的臉頰越染越紅。

「這、這點我向你道歉。我並沒有要歧視那種人的意思，我甚至非常支持。世上的愛也是有各式各樣的形式嘛。嗯，對。」

……總覺得，她好像對我產生了什麼無法挽回的誤解……

不過就在我們如此廢話的這段時間——ZⅡ全身包住卻唯有雙腳踝露出來的特殊打扮，讓我的爆發性血壓漸漸啟動了。

越脫會越強的 Caderia Spartan Syndrome——

看來天敵就是我的 Hysteria Savant Syndrome 呢。

「好、好啦，我已經道歉了，就來一戰吧。既然V大人是為了投靠你而逃出來，想必就會聽你講的話。要是你想投降，就把V大人叫出來。那樣我就放過你。」

ZⅡ與剛好以前馬許也稱呼為GⅡ的我正面對峙……把光腳丫「啪！」一聲踏在地板上，用蹲馬步的姿勢沉下身體。像是『半舉手向前看齊』的動作一樣把手肘靠在腰邊，戴白手套的雙手各自握拳。

——格鬥家嗎？明明是魔女的說。到底是哪邊啦？不過管妳是哪邊都沒差，我照樣都會幹掉妳。於是我也蹲低下盤，左手為了施展摔投、固定、反擊技而張開手掌，右手則為了施展打擊技而握成平拳。

會口無遮攔把自己的能力全部講出來的傢伙，多半都是認為即使被對手知道了、自己也能贏的自信家。這種人自尊心很高，一旦受騙上當就會氣得失去理智。因此——

「我就好心告訴妳，在日本的住家如果進屋子不脫鞋可是會被處罰的。話說，妳從剛才就只顧著講話，好像沒注意到自己已經被我和另一個敵人包夾囉。現在在妳背後的那個小孩子，就是GV嗎？」

在爆發模式下語調變得有點裝模作樣的我，將視線望向ZII的背後。

當然，那裡根本就沒人。可是——嗚哇，她居然真的露出「！」的表情，全身轉回去啦。ZII小妹妹，妳果然沒什麼實戰經驗呢。

因為這裡是租來的公寓，所以我只用較輕的櫻花往地板一踏，瞬間逼近ZII背後。緊接著朝她延腦揮出右手刀——但ZII終究還是發現，而把白皙的雙腳像芭蕾舞一樣往前後劈開，全身往下避開了。

我的右手臂因此揮空，不過這也在我的預料範圍內。於是我順勢把前臂往內收……「啪！」一聲套住ZII的頸部。畢竟這女孩剛才擺出的是打擊戰的架式，所以我就侵入到毆打或腳踢的攻擊範圍內側，靠擒拿術制伏她吧。

「——嗚嗚！你這傢伙真卑鄙……！」

「這樣就叫卑鄙的話，妳根本就不適任這種工作啦。」

很好，背後鎖喉成功了。這招貼近對手背部用手臂壓迫氣管的鎖喉技，在日文中又叫**裸絞**，很適合有脫衣癖好的妳呢。

但ZII果然很擅長格鬥戰的樣子——立刻把全身像犰狳一樣縮成一團，背著我往前翻滾。雖然和一般的動作不太一樣，不過這是身材嬌小的人要把敵人摔出去時很常用的招式——過肩摔。然而我過去已經被亞莉亞用這招摔過好幾千次，早已習慣啦。

於是我解開鎖喉的同時，靠側轉半圈的前空翻「踏！」一聲讓雙腳落地。

就在兩人之間因此拉開距離，重新正面對峙的時候——

「——看招！」

ＺⅡ順著前滾翻的力道用雙手往地板一撐，使出一記劈頭踢。

直直伸向上方的腳後跟順勢朝我踢下來，然而勁道並不算強。於是我決定用左肩帶開她腳踢的力道，並使出腳跟固定或是腳踝固定技。但就在我故意讓左肩被她的腳跟削到的瞬間……

——磅————！！！

從我的左肩**衣服內側**忽然發出爆裂聲響。

（——嗚——！）

我趕緊按住肩膀，與ＺⅡ拉開距離。這疼痛很類似火藥爆炸造成的痛覺。

可是ＺⅡ是光腳，而且剛才的爆裂感覺是從衣服內，不對，是更內側——在**肩膀內部**發生的。

不妙。雖然左手還能動，但可以感受到肩膀嚴重出血。原來這傢伙的打擊不是從人體外側，而是從內側進行破壞的嗎？要是頭部或腹部讓她擊中，一招就會出局了。

而且現在還搞不清楚對方的招式原理，用橘花防禦也很危險。

——我為了避開打擊戰而移動到廚房內，結果ＺⅡ就像是要展現自己白皙的雙腿般張開雙腳站在廚房出入口。意思是我已經成了甕中鱉是吧？

「……妳這個，我有在漫畫上看過喔。妳是女版的拳四郎啊。」

我雖然逞強摸著自己的左肩，但因為是在衣服內側，沒辦法知道詳細的傷害程度——頂多只能確定骨頭沒有外露而已。

「漫畫，我只讀過『丁丁歷險記』。剛才這招是利用Prana的『地雷』，很舒服吧。然後你放心，我不會對你用『火炮』。畢竟如果使用強力的射擊技，對我就太有利了。」

……意思是她不但會北斗神拳，還會龜派氣功嗎……？

不管怎麼說，至少透過親身體驗讓我知道了一件事。

ZII的能力既不只是格鬥，也不只是魔術，是兩者的**組合技**。

另外還有一點，就是這傢伙的實力跟我不分上下。雖然她好像有對我放水，但我現在也還沒使出全力啊。為了不要弄壞房間。

我的實力和第一世代的GIII沒什麼差距，而ZII的實力跟我不相上下——代表這傢伙應該是第二世代的試製品，或是失敗作。畢竟年紀也比GV大，或許是實驗性創造出來的人間兵器。

「才搬進來第一天就要用槍啊。算是房東運氣不好把房子租給我吧。」

剛才是靠緊貼擒拿，不過接下來就從打擊技的範圍外戰鬥——

於是我把插在褲子背後的貝瑞塔．金次樣式拔了出來。

「……我聽說Enable擅長用槍。這樣我很難放水了。」

相對地，ZII則是把構造上似乎也很好脫的西裝外套「啪」一聲剝掉。裡面那件衣領綁有緞帶的白色襯衫是短袖。接著手套也被脫掉了。

人體的皮膚有百分之十八集中在手臂與手掌。這下應該判斷她的實力一口氣大幅提升了吧。

現在ZII身上是只有一件黑色連身泳衣外面套一件短袖襯衫的狀態。在各種意義上，我都希望她不要再脫啦。

「Enable，把V大人交出來。否則你的生命就要散落於此。」

ZII說著，比出手槍的手勢，併攏右手的食指與中指朝我伸出來。這是……靈丸嗎？

「妳有辦法讓它散落的話，那妳就試看看吧……話說，妳剛才不是講過妳不會用那招嗎？」

「這不是『火炮』，是『子彈』。是你把槍拔出來，所以我也用這招而已。」

大概是為了先下手為強——啪！

——從她的指尖忽然射出手槍子彈大小的紅色光彈。

然而那速度比手槍子彈慢。從手指方向也能看出她瞄準的是我額頭，而且光彈就像流星一樣拖出一條尾巴，很容易預測彈道。

於是我歪頭避開——但那光彈似乎有些許的追蹤性，「嚓！」地削過了我的側頭部。我一時以為頭部內側會爆炸而嚇出冷汗，不過並沒有如此。這痛覺是像切割傷，沿著左耳流下來的溫暖液體也只是血液不是腦漿。看來『子彈』就如她的動作所示，是發揮像箭矢或子彈的效果。

「很痛吧？接下來我全部都會擊中你的臉部。快把V大人叫出來。」

ZⅡ說著，擺出『向前看齊』的動作。十根手指全部指向我。

那動作很像亞莉亞的雷射，給人的恐懼感也足以匹敵那招。

「……就算妳所說的那個女孩子如果真的在這裡，我也不會為了貪生怕死就做出背叛信賴的行為。」

用彈子戲法嗎──不，沒辦法保證那招可以阻擋那個光彈。我不知道什麼才是正確的對抗手段。關於ZⅡ使用的這些未知招式的情報太少了……！

「……你這句勇敢的遺言，我會記錄在報告書中。永別了。這也是為了永恆的和平。」

十彈齊射，要來了……！

就在我抱著豁出去的想法把貝瑞塔．金次樣式的選擇器切換到連射的時候……

「──ZⅡ，到此為止！」

隨著GV的聲音，ZⅡ的雙臂忽然「啪啪！」地被看不見的力量拍開。

從ZⅡ因此張開的雙手接著──「啪啪啪啪啪！」地射出光彈，穿過廚房，但沒能追蹤目標──而飛到我背後擊碎了牆上的瓷磚。

仔細一看，大概是經由浴室的天花板上繞過來的ＧＶ——從廚房換氣扇的洞口把上半身連同頭髮一起倒吊下來。

「妳果然在這裡呀，Ｖ大人！拜託妳回來吧……！」

或許是被拍開的手會隱隱作痛的緣故……表情感覺很痛的ＺⅡ中斷與我的交戰，慌慌張張看向ＧＶ。

「ＺⅡ，我雖然有做好為了和平不惜奉獻生命的覺悟，但是我不會參加似乎是為了在這個國家奪走生命的訓練。妳是和我在洛斯阿拉莫斯喝過同一鍋湯的夥伴，我不想傷害妳。然而如果是為了守護我家人的性命，就不在此限。」

上下顛倒的ＧＶ用她圓滾滾的眼睛生氣瞪著比她年長的ＧⅡ。

接著從口袋拿出一把大美工刀，「咖咖咖」地扳動滑扣，將刀刃推出來。

從那刀刃——我透過爆發模式下的耳朵可以聽到——發出與金女的單分子震動刀同樣性質、超出人類聽覺範圍外的微弱聲音。那是美工刀型的尖端科學兵器啊。

「妳……妳是認真的嗎，Ｖ大人？現在讓我回去是很危險的……」

「那份覺悟我也已經做好了。關於這件事，妳向上頭報告說是『起因於人性故障的脫逃』也沒有關係。」

我雖然搞不清楚什麼覺悟不覺悟的……不過ＧＶ的威脅與對話看起來確實對ＺⅡ有造成效果。我還是不要隨便插嘴比較好。

「真是遺憾……我也沒有笨到會和兩名天才打一場沒有勝算的仗。今天我就暫時先回基地去了……」

雖然我方付出了讓ＧＶ的所在地曝光的犧牲，但因為她表現出不惜一戰的頑固態度，似乎讓ＺII舉白旗投降了。

於是ＧＶ從換氣扇洞口落下來到廚房地板上——的過程中，她的吊帶短裙完全飄了起來，不過現在那種事先放到一邊——並收起美工刀。

ＺII則是用痛恨的視線瞪著我，然後到處去撿起自己的外套、裙子、鞋子與手套等等……

「為了不要讓上面的人判斷Ｖ大人故障……我暫時保留，不會向上報告。」

「感謝妳。」

和ＧＶ如此交談並沮喪走向玄關的ＺII，終於離開了我家。

公寓家門「喀嚓」一聲關上……

我稍微等了一下後……

「妳也是……超能力者嗎？剛才妳好像是用念力之類的東西拍開了ＺII的手。」

對眼神呆滯望著門板另一側——大概是在近距離可以感覺到ＺII的存在吧——的ＧＶ如此詢問。

「……啊……是的。雖然戰鬥並不是我的專門領域，不過那是利用 Macro-PK 的 Pulse needle。雖然可能會讓哥哥大人覺得不舒服……」

ＧＶ承認了這點，並露出擔心我會感到害怕的表情把頭轉過來。

人工天才的G系列繼承有我老爸的遺傳基因。與此同時，GV也是……和我至今見過的魔女們又是不同種類的……遺傳性超能力者。就跟她現在講的什麼needle一樣，她能找到我家的位置原來也是靠超能力的意思嗎？畢竟ZII也辦到這件事了。

（……第二個妹妹，居然是ESP（超能力者）啊……）

已經對各種奇妙命運習以為常的我，看來這下又要被誇張的命運漸漸破壞新生活啦。對我而言，和平的日常生活反而才是非日常嘛。

——不過，我好歹也是個對不幸事件經驗豐富的老鳥，很快便能夠開始冷靜思考在這個狀況下自己該如何過生活了。

ZII和我已經明顯成為敵對關係。既然如此，讓同樣是超能力者的GV繼續住在我家會比較好。這不只是考慮到戰力平衡的問題，畢竟她是我的妹妹，而現在她和ZII訣別之後似乎真的無處可去了……

總之，我就繼續收留她吧。反正她相較上是個個性安全的女孩。

「超能力者我已經見怪不怪啦。抱歉，廚房就交給妳整理了。我受了點傷，稍微去治療一下。」

我對GV如此交代後，走到洗手臺邊……在鏡子前脫下外套，掀起襯衫一看……明明衣服沒有破，我的左肩卻像是被挖開一樣出現了一個大傷口。

（還有側頭部的傷口也是，出血量真多啊……）

不過對我而言，這種程度的傷勢幾乎是一個月一次。於是我灑灑消毒藥後，在傷口處塗上凡士林止血——醫院等明天再去，總之先用毛巾把沾滿臉頰與上臂的血擦掉吧。但就在這時……叮咚……

——喂！ZⅡ那傢伙居然又跑回來了嗎！

爆發性的血流大概也已經從傷口流出去而回到普通狀態的我，一反剛才裝模作樣的態度，宛如雙重人格者一樣火大地走向大門玄關。在走廊看到ZⅡ的白色膝上襪掉在地上，於是也把它撿起來。然後畢竟戰鬥已經結束，所以……

「妳也太煩人了吧！都已經結束了就快滾！忘記帶的東西拿一拿，立刻給我滾！」

我右手拿槍，左手拿膝上襪，粗魯地把門打開。

……結果……站在門外的……

……是、是、是**警察**啊……！

我全身的血液頓時都涼了。沒錯，無業的男子對於警察來說也是很弱小的存在。

而且眼前的警察還是個年輕女警，或者應該說是高中生女警。

要說到我為什麼會知道這位女性警察是個高中生，那是因為我認識這傢伙。

——乾櫻。

武偵高中一年級，亞莉亞的小妹間宮的小妹。身高與蕾姬差不多，黑色的頭髮在後面綁成兩束，和她的頭子間宮以及大姊頭亞莉亞比較起來，身為一名女高中生的外觀平凡度相當高。身上之所以會穿女警服，是因為她是稱為「架橋生」的特務學生，平常都會到警視廳參加研修。

雖然武偵高中的警視廳架橋生在社會上經常被認為是類似偶像明星的一日署長之類的東西而遭到小看，但身分上毫無疑問是正式的巡查。而且也擁有比普通武偵更強力的搜查權與逮捕權。

「……」

畢竟門一打開就忽然看到一把手槍跟一雙白色膝上襪被舉到自己面前，個性上還算個正常人的乾當場瞪大眼睛。而且大概是被嚇到的緣故，綁成兩束的黑髮也微微散開了呢。

「呃～……怎麼，乾，妳來幹什麼？」

我因為陷入輕微的慌亂狀態──趕緊用膝上襪把手槍包好，並將兩樣東西都藏起來，裝作什麼事都沒發生過……好像有點勉強。畢竟這些動作都是當著乾的眼前做的嘛。

「請問……你為什麼會這樣血淋淋的？」

「因為我是遠山金次。」

「我明白了。」

光靠這樣的回答她就能接受，還真是教人傷心。不過算了，反正我也希望她能快點離開。而我以前也確實經常被亞莉亞揍得滿身是血到處逃竄，甚至因此害學園島有了殭屍出沒的謠言啊。

「既然明白了就快滾。還有，我的住址是個人情報，妳可不要隨便洩漏給間宮或亞莉亞知道喔。」

我說著，準備把門關上的時候——乾又伸手「啪！」一聲抓住門板。

「——我是接獲通報到這裡來的，說是這裡有一名似乎是獨居的男性把年幼的女孩子帶進家中，還傳出嚇人的聲音。而我就是負責第十九和二十區的巡邏。」

啊！是隔壁再隔壁的那個可疑靈異女通報的吧……？

乾聽過極度討厭我的間宮胡亂講過許多我在異性關係上的壞話，然後我剛才又對於在我家進行過某種會將膝上襪脫下來行為的女人大吼一句「結束了就給我滾！」，這種根據解讀方式可能相當糟糕的發言。因此乾從剛才就露出一副像是看到什麼髒東西——或者說根本是像看到性犯罪者一樣的眼神看著我。

這傢伙，居然敢對學長露出那種眼神……我雖然心中這麼想，但畢竟我現在已經不是武偵高中的學生，也沒辦法發動學長權限把她痛毆趕走。

不過……乾這個女人其實有個優點。

她雖然五官端正，身上那套像角色扮演的女警服也很可愛，照理講應該是個爆發性風險相當高的美少女才對——可是我對這傢伙卻**完全不會湧起**爆發模式的血流。

無關乎個性或長相，不知道為什麼就是不會讓我爆發。這樣的「免爆發女子」大約二十人中會有一人。以我過去在學校的學妹來說，像是高千穗麗、火野萊卡、佐佐木志乃、島姊妹，另外像白雪的妹妹粉雪也是這樣。而乾櫻非常明顯就是那二十分之一，所以我就算被她盤問也不會口吃之類的，應該可以裝傻到底吧。

「我想請問一下，遠山學長沒有住在男生宿舍嗎？請問你現在是在做什麼工作？」

哇……乾這傢伙，把關鍵的小女孩問題擺到一邊，先從周邊情報開始對我質問了……這是真的在懷疑對方的警察為了確實盤問犯人而會使用的典型對話術啊……

「我已經從武偵高中退學了，現在沒有工作。」

「這樣呀，原來如此原來如此。」

在乾的腦中，『遠山金次』、『退學』、『沒有工作』這三個關鍵字似乎完全扣在一起，而表現出打從心底理解的態度。小心我揍妳喔？

就在我因此感到有點火大的時候……

「哥哥大人，胡蘿蔔洗乾淨後好像還可以吃喔。哇，是警察──」

在清掃廚房的GV小妹妹登場了……！為什麼偏偏挑在這種時候！

夜晚出現在一名無業男子家中的小女孩，被乾巡查徹底目擊。這絕對不妙吧。

「哥哥……大人？代表那是你的妹妹嗎？稱呼方式會不會有點奇怪呀？」

乾這次換成露出看到幼女綁架犯似的眼神，皺起眉頭看向我。不、不妙啊……

「哦、哦哦，沒錯，她是我妹妹。」

聽到我對乾如此宣告，GV頓時「！」地感動抬頭望向我。

「請問名字是？」

「……咦？」

「你妹妹的名字。既然是兄妹，不可能會不知道吧？」

乾拿出筆記本，一副就是要做紀錄的態度。糟糕，我不可能回答她什麼「遠山GV」啊。

這是以前金女的時候也面臨過的危機——名字問題。雖然「連存在都不知道的妹妹出現在眼前」這種事情通常一輩子不可能會遇上兩次，但我也應該要事先做好準備才對的。

因為間宮的洗腦，讓乾對我抱有「總是對女人做壞事的男人」這樣先入為主的看法。要是我沒有馬上回答，她這次就真的會懷疑我是綁架犯了。快，快想。絞盡腦汁，根據和金女同樣的命名系統——

「——嗚、嗚、嗚嗚……Ka、Ka、Kanade。她叫、遠山Kanade。」

腦汁絞一絞居然真的絞出來了！感覺還頗有說服力的名字！

GV雖然一瞬間又露出感動至極的表情看向我，不過大概是她體內日本人的DNA發動了察言觀色的能力，立刻又對乾露出一副「是的，我就叫Kanade」的笑臉。

「漢字呢？」

嗚嗚。因為我沒有馬上回答的緣故，乾還在懷疑我……

「金、金魚的金，呃～天使的天啦。」

或許是有點古怪的配字造成反效果，讓乾依然皺著眉頭……

「學校呢？請問是就讀哪裡的小學？」

又對我提出難度更高的問題了。我可不知道這裡是屬於哪一間公立小學的學區啊。

「就在那邊的……武偵高中附屬小學……」

不得已之下，我只好回答自己唯一知道的近處小學——

「……我明白了。金天小姐，妳如果遇上什麼問題，就請撥打一一〇喔。」

乾接著同樣利用典型手法，溫柔地對GV搭話並觀察她的反應。

「好的，警察小姐。工作到這麼晚辛苦您囉。」

不過GV表現得相當優秀，徹底扮演成一名普通妹妹對乾點頭回應。

「我才要抱歉這麼晚還來打擾你們了。遠山先生，住家噪音是造成鄰居問題的源頭喔？以後請你多加注意。」

「我……我明白了……」

被警察小姐如此警告，忍不住用敬語回應的無業男子遠山金次……

對那樣的我稍微敬禮後……今晚第三位恐怖來客・乾巡查也總算離開了。呼……

（雖然勉強撐過一時，但乾事後絕對會重新調查的。畢竟她個性很正經八百啊。）

就在我因此抱著頭坐在玄關的時候——

「……哥哥大人，請問我叫**金天**嗎？」

在我身邊用小女孩蹲的姿勢蹲下來的GV，睜大她圓滾滾的眼睛如此詢問。

「……就是那樣。妳暫時就先用那個日本名字吧。如果妳不喜歡，我跟妳道歉。」

面對小心注意不要讓視線往下移並轉回頭的我……

「不會。我非常高興呢……遠山金天……我以後就用這個名字了。」

ＧＶ感動至極似地變得眼眶溼潤，露出感覺隨時都要抱住我的表情。

這是以前金女那時候也發生過的現象。從小被當成兵器培養的人工天才——遇上「取名字」之類被視為人類對待的事情似乎都會很高興的樣子。總覺得我好像在無意間讓這個不請自來的妹妹提升了好感度啊。不過這女孩子感覺應該很正常，所以我是覺得沒差啦。

傷口雖然勉強止血了但還是會隱隱作痛，加上金天不請自來、ＺⅡ襲擊、乾的盤問三連擊，讓我的壓力指數幾乎爆表。

而且現在夜已深……沒辦法了，今天就到這邊，睡覺吧。

（……真是可惜。我本來還想念一下書的說。）

順道一提，現在的我非常勤於讀書。當然一方面是為了循東大↓武檢↓老爸的路徑克服對卒，不過另一方面也是之前稍微出了一下社會的時候，我因為不只是低學歷，甚至是『武偵高中畢業』這項扣分學歷的關係吃上很多苦頭，成為了我現在的原動力。「數學性的思考能力在將來會很有用」之類大人們的假好意都是騙人的，而像武偵高中學生那樣，在老師們「畢業之前至少給我學會分數的通分，要不然就射殺你」的威脅下勉強念書也是不對的。

以前望月萌有說過「讀書就是為了考試——是為了獲得學歷」這樣的概念。而我也親身體驗過一個人的學歷會影響到就職，也就是會影響到收入。雖然我沒有主張那就是一切的意思，但總之換句話說，讀書可以增加收入，讀書可以賺錢啊！

——而我之所以會思考著這樣現實的讀書問題逃避現況——是因為我身為一個日本人，習慣在睡前要洗澡的關係。

雖然是在不同房間，不過在一間有小女孩在的套房讓自己全裸，是非常讓人膽顫心驚的行為。這絕對不是因為我把GV……把金天視為異性的緣故，而是因為小女生的行為總是讓人難以預測。像之前在青森的溫泉，霸美&猴全裸入侵的那件事至今依然讓我記憶猶新。

像這樣的狀況中，洗澡的勝負關鍵就在速度，因此我首先在脫衣間為高速洗體術進行暖身運動。然後將我為了預防金天闖入而事先買好的泳衣小包裝放在浴室的霧面玻璃門外面。萬一金天真的打算進來，看到這個應該也會明白那是我叫她「穿上」的意思吧。好，一切準備就緒——上吧！

全身脫光的我快速進入浴室，用事先裝滿浴缸的熱水雙手洗頭、雙腳洗身體。雖然因為肩膀和頭部的傷口很痛，讓我只能洗到部分重點的地方……但畢竟時間有限，就這樣進入泡湯程序吧。不過在那之前先確認後方，看向浴室門——

（……來、來了……！）

我當場嚇得眼珠子都差點跳了出來。在霧面玻璃門外面——一如我所擔心的，可以看到金天的身影。她已經脫下吊帶裙，準備連白色上衣都脫掉了！為什麼像這樣的意外總是百發百中啊！

「——嗚、喂！妳等我洗好再來洗啦！」

「可……可是，哥哥大人受傷了呀。我想說你可能洗身體不太方便。」

「那是、沒錯啦，不過受傷這種事情我已經很習慣了！從去年開始，我身上甚至都已經找不到沒有受過傷的部位啦！就連腳底板都踩過陷阱刺受過傷啊！」

我講著這些搞不清楚在講什麼的話，並趕緊用毛巾遮住胯下往後退。教人感到恐怖的是，金天脫下上衣與內襯衣之後底下竟然就是全面膚色。經歷過第二性徵期的女生會穿在胸口的內衣，金天根本就沒有穿。換言之，她現在全身只剩一條內褲。

這裡是浴室。雖然剛才金天用來移動的天花板換氣口已經被拆開，但是我的身體尺寸沒辦法進入那個洞。這下成了今天第二次的甕中鱉了。

——呀啊！金天把手放到她內褲上了！快趴下啊金次！遮蔽視覺！

對方即使只有十歲，身體構造也是女性。要是讓我看到而對妹妹爆發，我只能舉槍自殺了。但是我就算對頭部開槍也能靠橘花免於一死，對胸口開槍也能靠內臟迴避生還。就算跟中空知借繩子來上吊，只要用骨克己讓自己的臉變得像皺臉大叔（註3）應該就能逃脫。

「哥哥大人……打擾了。」

註3　本名成田幸雄，一九七〇年代的日本電視名人。藉由能夠自由讓下顎脫臼使臉皺成一團的表演風靡一時。

喀啦喀啦。

進來啦……！這間浴室比我以前住的地方小，距離超近的啊！

——對了！急難道具……！

「金、金天！那邊應該有一件泳衣吧！」

我保持著對一個小女孩跪下磕頭的姿勢，告訴她這件事。結果……

「……啊、是的。我想說那應該是要我穿上的意思，所以我試穿了一下……」

喀啦。從浴室內把門關上的金天——聲音聽起來好像有點扭捏。感覺她不是因為看到我趴在地上，而是因為其他原因變得聲音很小。究竟是怎麼回事？

於是我戰戰兢兢把頭抬起來一看……

「……嗚……！」

滿臉通紅的金天穿在身上的，是讓人一瞬間還以為是全裸的——超小型比基尼。只有微微隆起的胸部頂端兩點，以及光溜溜的腹部最下面有光滑的色丁材質布料遮著……雖然有小小的蕾絲邊裝飾，不過極小的白布面積幾乎都只有勉強遮掩重點部位，是一套超迷你的細繩比基尼。這是什麼鬼！怪不得包裝會那麼小啊……！

「請、請問哥哥大人……喜歡這種的嗎……？」

金天——羞澀地用手遮住微微呈現女性輪廓的胸部，但或許是以為既然我命令她穿上就必須給我觀賞的緣故，又動作僵硬地把手移開。

大概是極度緊張的關係，金天不只是臉蛋，甚至連身體都染成一片粉紅色。她的肌膚從蕾絲部分微微透出來，讓我再次認識到那小塊布料的顏色——是白色。白色很糟啊！之前ＬＯＯ的白色校園泳衣就讓我知道了，白色的泳衣沾溼之後會透色。要是金天身上那白色的薄布稍微吸到一點水，被遮住的部位就會全部被看光啦。洗澡水自是不用說，就連汗水等等內側的水氣恐怕都會讓布料透色。為什麼這樣的泳衣會存在於地球上啦！泳衣這種東西明明就是在游泳池之類的地方沾溼用的東西不是嗎……！

而年紀還小的金天除了明顯分為善惡的事情以外，對於什麼事可以做，什麼事不能做的標準還沒有辦法自己判斷。只要受人指示，她就會乖乖照做啊。

想當然，浴室裡的溼氣與溫度都比外面高。距離布料透色的時限很短——！

「……哥哥大人，好色……」

金天雖然害羞地用雙手摀臉，但還是透過指縫間窺探我——並畏畏縮縮地向我靠近。即使表現怯懦也還是會做出行動的這點，果然跟白雪有一點像。

但我要是這時候選擇逃亡——就等於證明我把金天視為異性看待。對一個小女生抱有情慾，就真的是個犯罪者了。雖然光是讓對方穿上情色泳衣這點上，要說是黑還是白感覺完全就是黑了啦。雖然泳衣布料是白色就是了。

金天伸手把徹底畏縮的我拉起來——

「唉呦真是的……傷口果然很嚴重呀……」

接著讓我坐到不動產業者贈送的、上面印有合作藥廠標誌的浴室矮凳上。然後站到我正面，觀察我頭部的傷口。

「沒、沒關係啦！這種程度的傷很快就會好了！」

這間浴室讓兩個人進來就顯得很窄，因此我坐在浴室椅上——不得不像戰國武將一樣把兩腿張開，而身穿情色泳衣的金天就站在我兩腿中間。雖然我有用毛巾繞在自己腰上遮掩，但現在這個姿勢應該已經是兄妹之間不可以做的等級了吧？

話說，在這麼近的距離下……我的視野幾乎完全就被金天的膚色占滿了。而且剛好就在左右雙眼前五公分處，只用三角形迷你布料遮住重點部位的迷你胸部朝著我。這簡直比被人用雙管槍瞄準還要恐怖啊。

「——不可以喔，這已經不是光靠緊急處理就能治好的傷勢。痛痛、痛痛，快快飛走～的呢。」

金天輕輕摸著我的頭——似乎在為我進行什麼治療行為。但是她根本就沒有拿什麼醫療道具。到底是在幹什麼？我很害怕啊。

不過更加可怕的，是金天的身體。大概是因為專注於治療的緣故，她的小胸部一公分、又一公分地漸漸逼近。現在我的臉已經位於金天的胸部與胸部之間——感覺隨便一動就會碰到的位置了。在飄散的水蒸氣中，也可以聞到她棉花糖般的肌膚氣味。小型比基尼也吸收浴室內的溼氣，漸漸提高透色度。危險啊……！

「……請稍微把頭低下來喔。」

金天為了更仔細觀察傷口而如此說道——於是我小心翼翼不要讓自己溼掉的瀏海沾到白布，並把頭低下。必須與年幼的感覺反而更加煽情的胸部近距離相對的拷問總算因此結束，讓我不禁鬆了一口氣……不對……！這次的角度換成讓我會看到金天的——小型比基尼下面的超級迷你三角布啦……！

金天果然對於自己是女性的意識還很缺乏，因此站的時候雙腳不會靠攏——然後這件讓人不禁想吐槽「那根本只是細繩子吧！」的超低腰迷你泳衣，布料上緣位置與其說是在下腹部前面還不如說是在斜下方，所以根據看的角度甚至會讓人有種什麼都沒穿的錯覺啊。女生與小女孩之間雖然胸部形狀不同，但下半身就只是放大倍率的差異，形狀上應該是完全一樣。等等，我不能去想這種事情啦！啊、對了！只要把眼睛閉上就好了嘛！我真是聰明！於是我把眼皮緊緊閉上後——這才注意到了另一件事情。

奇怪……？頭部原本隱隱作痛的傷……不知不覺間已經不痛了。

「呼……快癒術完成了。這邊的傷口已經完全治好囉。」

聽到她這麼說，我伸手摸摸頭部的傷——真的呢。

不是只有結痂的程度，而是痊癒了。就在剛剛這兩、三分鐘之內。

這個……我也有看佩特拉跟梅雅使用過，是幫人治療傷勢的超能力。白雪以前也說過她會使用像這樣的巫術……真是厲害。比鵺的那個搞不清楚是什麼玩意的軟膏治療得還要徹底，完全不留痕跡。

「接下來是肩膀，就一邊洗身體——一邊『痛痛、痛痛、快快飛走～』吧。」

金天接著把沐浴乳擠在手上，對我露出溫和的微笑……

「不，我是很感謝妳幫我療傷，不過我身體已經洗好了啦！雖然不是說洗得很乾淨，但姑且算是洗過……」

我不禁害臊臉紅，講話變得支支吾吾了。結果金天開心一笑……

「哥哥大人雖然在資料上給人的印象有點可怕……但本人其實很可愛呢。像這樣在哥哥大人身邊，不知道為什麼就是會想要照顧你……啊！如果我這樣講讓你覺得很失禮，我先道歉……」

她說著，用小小的雙手夾住我的左上臂——彷彿在慰勞我戰鬥受傷的身體般，輕輕撫摸起來。好、好癢。雖然很癢，不過……真的……

……好溫柔。這觸感無比溫柔。

然後，果然讓我莫名覺得懷念……

雖然從麗莎身上也會感受到類似的安心感，不過麗莎基於她的忠誠心——會帶有某種恭謹，換個方式講就是會給人有種距離感。

然而透過金天的手傳來的，是更加親密——有點像慈愛的感覺。

我總覺得，她從照顧我的行為之中，似乎在本能上會感受到某種幸福。

就在我想著這些事情的時候，左肩的疼痛也……漸漸消散。金天包住我上臂的雙手中可以看到應該是源自超能力的微弱白光，而我肩膀的重傷也明顯從邊緣部分開始逐漸復原。

「……嗚……」

我不禁回想起弗拉德的無限回復，對自己的左肩頓時感到有點害怕而把視線別開——

——嗚哇啊啊！因為金天的姿勢像是在抱住我的左手臂，結果我手臂上沐浴乳的泡沫……！大量附著到金天的泳衣上了！

我雖然有注意不要觸碰到她的身體，但我忘了要連泡沫也計算進去啊！

泡沫雖然只是泡沫，但也含有大量的水分。

而那些水分現在肯定已經浸透純白色的布料，讓泡沫底下的泳衣透色了。

當那泡沫被移開的同時……就是兄妹爆發地獄的開始——！

「到、到這邊就夠了！已經差不多治好了吧！我想快點去睡覺，就洗到這邊……！」

「不可以呀，受了傷就要好好治療才行。痛痛、痛痛、快快飛走呀！」

看到我準備站起身子，金天居然就把我溼掉的手臂緊緊抱在她的胸口了……！

一方面因為年幼無知，一方面也因為專心治療的緣故——金天對於自己現在正對哥哥做出很誇張的事情沒有自覺，也沒發現自己的泳衣變成了什麼狀態。噫噫！現在這個動作讓泡沫從金天些微隆起的胸口往下滑，經由她纖瘦的腹部，在重力引導中，抵達了位於肚臍下的那塊布——！

「……好，這邊也ＯＫ囉。請問你覺得怎麼樣呢？」

「呃、這邊也？啊、哦哦，妳說肩膀啊。治好了，治好了，已經完全不痛不癢啦！所以我要去睡覺了！」

「請讓我繼續幫你洗身體吧。乖乖坐好喔。」

金天放開我的手臂，蹲到我面前，讓她全身都進入我的視野中——

不過這次她的方向比較好一點。她為了伸手按壓放在腳邊的沐浴乳瓶，所以是側面朝向我。上下泳衣都只看得到細繩子而已。雖然這樣看起來像是全裸，也很危險就是了。

——就在這時——進入輕微爆發的我忽然想到通往生存之路的策略。

「不，反正我手臂已經治好了，我自己可以洗。妳去旁邊洗妳自己的頭髮。」

「怎麼這樣，請讓我照顧你嘛。我想要報答哥哥大人，而且……雖然我只能做到這種事情，但我希望可以幫上哥哥大人的忙呀。」

「我自己的事情我自己會做。很抱歉，我身體已經涼了，讓我去泡熱水吧。」

我背對金天站起身子，逃進浴缸中。雖然是小到連腳都不能伸直的浴缸，但我還是假裝自己在享受熱水澡似地把頭往上仰，盡可能不要看向金天。結果——

「好、好的……我知道了。那麼不好意思，借蓮蓬頭一用了……」

金天沮喪的聲音之後，我聽到「嘩啦啦啦……」的沖水聲。

接著便是她乖乖聽我說的話，「唰、唰、唰」地開始洗頭髮的聲音。

很好——我瞇著眼睛透過狹小的視野確認了一下，金天在洗頭髮的時候會把眼睛緊緊閉上。我的機會就只有現在了。

（『壕蜥蜴』——！）

我全身趴在牆壁或地板上——用連我自己都覺得很噁心，讓金天看到應該會當場尖叫的動作移動到浴室門邊。過程中完全沒有發出一點水聲。

這是遠山家自古傳承下來，為了從城壕無聲無息入侵到城中的密技。祖先大人肯定萬萬沒有想到，這招居然會被用在因為跟小女孩一起洗澡差點返對（hentai）而逃跑的場合吧。

不管怎麼說——總之我接著用全身貼在浴室門上的動作通過浴室出入口，總算從甕中成功逃脫出來了。死中自有活路，古人想出來的這句話一點都沒錯呢。

——一波未平一波又起。古人想出來的這句話一點都沒錯……！

我用毛巾快速擦乾身體，準備要穿上衣服的時候——發現在我拿來的睡衣上，疊有金天小妹妹入浴前脫下來摺好的衣服。

雖然要我去摸小女孩剛脫下來還有點溫度的衣服簡直是一種超級苦行，但如果不把我自己的衣服挖出來我就只能全身光溜溜了。於是我只好單腳跪下，挪開吊帶裙，挪開上衣，嗚嗚，挪開內襯衣……的時候，夾在裡面藏起來的一塊白色神祕小布掉了出來，於是我趕緊伸手在空中接住。這是什麼，手帕嗎？

「——哥哥大人？」

喀啦啦！嗚哇！因為我從浴室中無聲無息消失的緣故，金天小妹妹一臉擔心地跑出來啦！而且還用左右雙手分別遮住自己的胸口和肚臍下方。我本來還以為她沒注意到，但那泳衣會透色的事情根本就被發現了嘛。哥哥大人好色……！

「哇！」

她接著──看到我擅自拿在手中的這塊小布而嚇了一跳，頓時變得滿臉通紅。而且大概是為了抑制自己不要發出太大的聲音，她把雙手放到嘴邊，結果小手手就從白色比基尼上移開了。這樣會讓我看──

「──嗚！」

我趕緊手臂一揮，用去年和華生交手時開發出來的『螺旋』的動作一百八十度扭轉上半身。雖然腰部當場發出恐怖的聲響，不過因為我已經幾乎要爆發的關係，反應速度及時趕上了。

呃……現在我用亞音速轉身而從金天面前被拿遠的、我右手上的這塊、白色的、小小的、印有小貓咪圖案的、布料是……內、內、內褲呀……！

「哥、哥哥大人、好色……！」

金天似乎完全誤會我是個內褲小偷，而且就算是妹妹的內褲也照偷不誤的傢伙了。我從浴室悄悄溜出來的事情恐怕也被她誤解是為了偷竊啦。

「不、不、不對──」

我為了辯解而從螺旋動作轉回來，結果看到金天大概是太過害羞而全身背對著我──雖然在爆發方面算是讓我得救，但是她又小又圓的屁屁完全讓我看到了。她身上那套比基尼的背後完全沒有布料，只有背部的「一」和屁股的「T」字型白線。設計這套泳裝的傢伙給我站出來，我要用八岐大蛇全彈發射斃了你！

「沒、沒關係的，哥哥大人。我行李箱裡還有可以換穿的，那、那個就送給你吧。我、我在資料上也讀過，日本男性總是會想要那樣的東西……」

美軍的資料到底都寫了些什麼啊！根本誤解日本了吧！雖然那或許是事實啦！

即使連耳朵都變得通紅，對於我這樣的行為依然如聖母般選擇原諒的金天——就這樣「踏踏踏」地跑回浴室中……有點僵硬地對我露出『我沒有生氣喔』的笑臉後……「喀啦啦」地輕輕把浴室門關上。

話說什麼叫『送給你』啦？我居然就這樣獲得了我自己根本用不上的玩意啊。明明去年我跟亞莉亞之間也發生同樣的狀況時，我獲得的是一記顏面凹陷等級的飛身膝蓋踢地說。

正當全裸的哥哥大人在客廳兼臥房中利用跟GⅢ借來又沒還的光曲折迷彩布偷偷摸摸換衣服的時候……隨著「啪踏啪踏」的腳步聲，身穿超小型白色泳衣的金天也跑來了。然後她因為找不到我而東張西望一下後，為了換成她帶來的睡衣而把手放到泳衣的細繩上——因此差點讓心臟從嘴巴跳出來的我趕緊躡手躡腳逃到廚房，好不容易才換好了衣服。

接著等上一段足夠的時間之後，我才裝作若無其事地回到客廳……

「啊、哥哥大人。嘿嘿……」

換上動物圖案睡衣的金天小妹妹因為和我重逢而開心一笑。明明只是分開這麼一小段時間再見到面，她就笑得像是來到天堂一樣。

然而，這時候其實又有新的地獄在等待著我。

──那就是『床鋪只有一組』的地獄。

畢竟人的一生有三分之一都在睡覺，我想說至少睡床要用好一點的東西──所以我前幾天很奢侈地在宜得利買了一張較大的單人床，床墊軟綿綿睡起來超舒服的那種。話雖如此，但也不能兄妹一起舒服吧？

而且這個問題不是只有今晚。金天並不是在這邊睡一晚就會走。但如果擺了兩張床，這間狹小的房間就會沒有生活空間。這是幾何學上的難題啊。

（努力想啊……兩個人，一張床……一定會有什麼正確答案的……！）

就在我如此盯著床鋪汗水直流的時候……

「哥哥大人……請問你該不會傷口還在疼吧……？」

金天用體貼人的溫柔聲音如此說著，走到我旁邊。哥哥與妹妹都穿著睡衣，畫面看起來就像準備一起躺到床上的新婚第一晚。而且新娘子還是個十歲兒童。

──妳睡床上，我去睡地板。

這樣一句話差點就要脫口而出，但是從金天的個性來想，那絕對是錯誤答案。那樣她肯定會說「既然這樣，那我睡地板」，然後我又會於心不忍，兩人永無止境地互相讓來讓去。

最後我只好勉強接受同睡一張床鋪，但接下來的問題就是要怎麼睡了。

幸運的是，這張床面積還算大。因此——

「妳睡那一邊，我睡這一邊。」

我伸手指向床鋪的最左端與最右端，說出我透過合理思考得出的『隔開距離睡覺』這個答案。

「咦！咦！可以嗎？我本來想說自己睡地板就好的……」

金天頓時睜大眼睛抬頭望向我，臉頰微微染成粉紅色。看起來是對於善良的哥哥大人願意把床鋪提供出來這件事純粹感到開心感動，以及隱約覺得男女同睡一張床是不應該的行為而緊張心跳的反應互相摻雜的感覺。

啊啊受不了……她的一舉一動，每一個瞬間的表情……全都純潔得讓我好傷腦筋啊。

因為我把枕頭借給金天，又背對她側睡的關係……左肩麻得根本睡不著。今天我的左肩真是多災多難呢。

不過我們躺上床之後也過了一段時間，金天應該已經睡著了吧。於是我為了讓肩膀的血液可以循環而悄悄翻身……發現她居然還醒著。側躺朝著我的方向，注視著我。

就這樣，我們面對面四目相交啦。雖然是十八歲與十歲，是哥哥和妹妹——不，或許正因為這樣更加糟糕吧——在一條棉被中，一男與一女四目相交。

「妳……妳睡覺啊。」

「我睡不著。」

「難道妳有感受到敵人——ZII的氣息嗎？」

「不，我從剛才就探查了好幾次，都沒有感測到。現在這是……因為我的心一直在跳……覺得我的哥哥大人原來是這麼溫柔善良……跑來見你真是太好了，這樣……」

雖然我搞不懂見到一個會強迫她穿情色比基尼又會偷內褲的哥哥大人到底有什麼好的，不過金天一臉幸福地陶醉注視著我。

從她的眼眸中，可以感受到超越道理的某種感情——恐怕就是稱為『愛』的情感……

（……嗚……）

我這時重新回想起來，我打從一開始就直覺知道金天是自己家人的理由。

果然，她這眼神——

——是**那個人**的眼神。

雖然年齡不同，場所也不同，但眼神是一樣的。

第一次見面的時候，在台場的時候，然後現在。既然都讓我感受到三次，已經不能用『只是長得像』就隨便帶過了。我不得不在自己心中承認這點。

這雙無條件疼愛我，慈愛我，打從心底表現出慈祥的眼神。

這是——

（……**媽媽**……）

我雖然對自己母親幾乎沒有記憶，但我絕對曾有個母親。

我記得這樣的感覺。難以用言語形容的感覺。

很久很久以前的記憶，不過比起外觀或聲音更加讓我感到深刻的記憶——**愛的感覺**。

那樣的母性愛，我現在居然從名為金天的這名少女身上感受到……雖然會從年紀比自己小的對象身上感受到也很奇怪就是了。

這感覺就像是我母親從天國轉世回到我眼前一樣——

——等等，金次。就算對方是個像天使一樣溫柔的女孩子，你也太誇張了吧。都長到這麼大了……是在哭個什麼勁啦？

再說，所謂的G系列——是利用我老爸的基因創造出來的人工天才。就算給人的感覺再怎麼像，在遺傳基因上金天都像是跟我同父異母的妹妹。她跟我媽沒有任何關係。

「哥哥大人，請問你……肩膀還在疼嗎……？」

金天在棉被中向我靠近——

如果是平常的我，就算對方是小孩子應該也會緊張才對的，可是現在我卻很自然地接受了她這個行為。

既不推開也不逃跑，讓對方小小的手輕撫我的左肩。

……輕輕摸……輕輕摸……

現在已經跟超能力沒有關係，單純只是金天為了安慰我而撫摸我的手……

……好溫暖。比剛才感覺更加自然……

不只是肩膀而已，她接著——也輕輕撫摸我頭部的傷。將我的頭輕輕抱到自己胸前。而我現在也完全沒有抵抗的意思，任由她那麼做。

既溫暖，又溫柔，又有一股甘甜的香氣……

總覺得，讓我……好、放心……

2彈　遠山家的兄弟姊妹

當一個人沒有工作的時候很容易會失去「今天星期幾」的感覺，不過我一邊與金天吃著早餐麵包，一邊打開手機的數位電視功能看到正在播放《光之美少女》，代表今天是星期天啊。

身穿深藍色吊帶裙的金天向我借了手機，非常開心地看著那個小女孩動畫。畢竟她是個小女孩嘛。而我則是被放在走廊的小女孩道具——紅色小學生書包絆到腳，便想到一件事——

「——金天，妳到學校去上學吧。」

於是我一邊喝著即溶咖啡，一邊對大概是淚腺很鬆而看到動畫結尾變得淚眼汪汪的金天這麼說道。

「學校！哇哇，我根本沒有想過我可以去學校上學呢。哥哥大人，真的可以嗎？」

在軍方研究所長大的金天頓時把她圓滾滾的眼睛睜得更圓，很有興趣地做出反應。

明明像她這種年齡的小孩子就算自己說想去上學也不奇怪的，可是金天的表情卻是一副做夢也沒想到自己可以去學校的樣子。彷彿是想也沒想過的幸福忽然來臨般，一臉感激。

「畢竟我昨天跟乾這樣講啦。要是她挑在平日白天又跑來搜查卻看到妳在家裡就很不妙。而且即使撇開這件事不談，妳講話的時候也會像是在『哥哥』後面加『大人』之類……雖然不嚴重但日文有些奇怪。這部分妳也去學校好好學習一下。」

就是因為沒有好好學習才遭到學校退學的我，講出來的這句話大概是有相當程度的分量吧——金天立刻露出認真的眼神點頭回應。

「我是因為在日文資料上讀到，稱呼自己應該尊敬的對象時必須加上『大人』……不過，好的，我會去好好學習。但是我在日本沒有戶籍，請問這樣也可以入學嗎？」

「雖然這是我昨天隨便亂講的，不過從這裡往北走一點點的地方——第十九區有一間武偵高中附屬小學。畢竟武偵高中年年赤字，所以只要付錢就隨便都能進去就讀。即使是外國國籍的學生，也能透過留學生名額進去。」

我利用金天還給我的手機確認這些事情，並查了一下入學費用與上課費用——我應該勉強可以付得起。畢竟武偵學校是半官半民，學費也不會貴到哪裡去。

「在教務科有假日櫃檯，而且附屬小學沒有入學考試，所以只要今天申請明天就能去上學了。呃～需要買的東西是……防彈制服、室內鞋、口風琴、直笛……」

就在我查著這些上學用品的價格時——

「呃，哥哥大人，我有自己的信用卡，就請你用這個付錢吧。因為用了信用卡會讓自己的所在地曝光，所以我一直都沒有用過。但反正現在已經被ＺⅡ找到，就沒差了。密碼是5555。」

金天連同她的美國身分證件（SSN）一起將一張美國運通信用卡遞給我。

她還真是信任我啊……雖然因為我們是家人，或許這也是理所當然的啦。

為了方便讓人進來體驗入學，武偵高中附屬小學並沒有固定的暑假期間。規則上是每個學生可以在六月～九月的期間內連續請假四十天，而學校本身則是一直都有在上課。

雖然光是辦理入學程序就花掉了整個週日的時間，不過我一方面也為了不要被乾逮捕還是努力辦理手續──總算讓金天從這個禮拜開始，可以到武偵高中附屬小學上課了。我到裝備科購買時被負責顧店的女生質疑「你要買來做什麼用？」的小女孩用防彈水手服，穿在金天身上也很適合她。

為了讓低年級生也能看得懂而用平假名書寫『遠山金天』的小鳥造型防彈名牌，根據規定為了保護心臟而配戴在她左胸。從這部分就能隱約感受到武偵學校有多瘋狂呢。

「因為妳是十歲，所以是五年級。」

「是、是。」

禮拜一早上，在距離我住的公寓只隔了車道與一座公園的小學門前……金天抬頭仰望校舍大樓，感覺有點緊張。雙手也緊緊握著她為了走在日本街頭時不要受人懷疑而原本就自備好的紅色小學生書包兩邊背帶。

東京武偵高中附屬小學是和位於第十八區的附屬中學共用體育館，而游泳池也是勉強設置在校舍屋頂上。因為學生人數很少的關係，規模比起一般的小學還要小得多。會想要讓自己的小孩從小就學習戰鬥方式的瘋狂父母在日本還沒有那麼多啊。

「附屬小學只是偶爾會有像是槍械安全講座的課程而已——其他部分和一般小學沒什麼太大的差異，妳放心。校訓是『元氣、才氣、勇氣』，鼓起勇氣去吧。」

「是，那我走了……！」

金天帶著因為可以到學校上課而開心與緊張各半的表情，跟著其他小學生們一起走進校舍。而我目送她深紅色水手服的身影離開後——好啦。

金天到學校上課的這段時間，我也要為自己的升學考試做準備才行。畢竟這兩天幾乎什麼都沒做啊。於是我轉身背對學校……

穿過公園，通過行人穿越道……走回自己位於第二十區的公寓……

但是到了自家玄關，我卻又折回附屬小學。

（果然還是很擔心啊……）

雖然金天是個乖小孩，但個性有點太過文靜。而且剛才感覺相當緊張。她有辦法好好交到朋友嗎？會不會遭到欺負？

我雖然想要稍微觀察狀況，可是一個持槍的無業男子進入小學可是會登上社會新聞的。因此我用手機確認一下樓層平面圖——繞過校舍，從柵欄外確認五年級教室所在的一樓角落……看到了。老師似乎在講什麼話，於是我利用讀脣……

「——就是這樣，大家要好好相處喔。那麼遠山同學，請坐到那邊的座位。」

看來轉學生的介紹剛結束，金天接著按照老婆婆教師的指示坐到窗邊的座位，並且和隔壁座位的女孩子打招呼……太好了，她臉上帶著笑容。

然後她大概是注意到視線，而望向窗外的我——害臊地輕輕對我揮手。

哇，那動作超可愛的，害我也忍不住笑著揮手回應。雖然這樣講有點偏袒自家人，不過我家妹妹搞不好是全班，不，全校最可愛的吧？

如此這般，正當我像個來參加觀摩課的家長——雖然實際上是像在偷窺小學的可疑人士啦——在炎炎夏日中打算稍微再觀望一下的時候……

「……呃～巡邏班灣岸三聯絡本部。目前在港區台場7－4發生可疑人物偷窺小學校舍的事件……等等、遠山學長？請問你在這裡做什麼呀？」

哇喔……！是、是警察啊……！呃，這不是乾櫻嗎……！

手握無線對講機，身穿女警服站在我近處的乾——表情看起來隨時都會說出「請跟我到警局來一趟」這種話。眉頭皺得好深啊。

「呃、乾，妳為什麼會在這裡？」

「我才想問你呢。而且我昨天不就說過了嗎？我負責巡邏第十九區到第二十區呀。遠山學長，請問你現在時間方便嗎？麻煩你跟我到……」

「——妹妹！在！這裡啦！就在那邊！妳看，金天不是就在那邊嗎？我只是來看看妹妹在學校過得好不好而已。是家長親屬啦！」

「嗯……？唔……確實……看來她真的是你妹妹的樣子呢。」

乾用手按著頭上的女警帽，跟著望向五年級教室——似乎總算接受了。昨天晚上我隨口說出來的設定，在千鈞一髮之際完成了偽造工作啦。

「不過，居然還特地跑來學校看，學長你會不會太過度保護了？」

「少管我。再見啦！」

因為乾的眼神看起來還在懷疑我，所以我為了不要講太多話露出馬腳——而打算快快離開現場。可是……砰！

明明沒有人對我做什麼事情，我卻像是吃了一記背部墜擊般用後腦杓重重摔到地面上。為什麼啊……？

「呃、那個、請問你沒事吧？」

乾趕緊用手壓著自己的女警服裙襬，被毫無預警就忽然仰天倒下的我嚇得傻住。

「痛、痛死啦……敲到頭了……呃……又是這個啊……」

——我很快就知道自己會跌倒的原因了。有小鋼珠掉在柏油路面上。我才想說腳下好像踩到什麼東西，原來是這玩意。

以前學園島南端確實曾有過柏青哥店，但是被大輸一場的蘭豹給毀了，所以現在應該沒有才對。可是為什麼會有小鋼珠掉在地上啦？可惡，不要害我在警察面前做出可疑舉動行不行！

我想說搞不好有什麼緣分可以中大獎，於是跑到學園島東端的車站前綜合設施吹冷氣順便打打柏青哥……糟糕，居然玩到金天要放學的時間了。

雖然我有交給她公寓的備份鑰匙，不過要是回到家卻沒有人應該會寂寞吧。

就這樣……或許確實有點過度保護她的我，來到了附屬小學門前接人。

結果——我看到金天與幾名同班的女孩子一起走出來，然後和大概是要往公車站或火車站走的那些女孩子們笑著說拜拜了。哦哦，才上學第一天就能交到朋友，真是了不起啊。我小學讀了六年都沒交到朋友的說。

「金天。」

「啊，哥哥大人！」

金天一見到我便綻放笑臉，雙手握著書包左右背帶跑過來。頭上兩條馬尾都跟著跳啊跳的，看起來就像與飼主重逢的垂耳兔。

「學校怎麼樣？」

「好～～有趣呢！今天上了國語和算數還有體育，營養午餐有炸甜麵團喔。然後下課時間玩了躲避球，接下來是兩個小時的工藝課，畫了人物畫。哥哥大人，這個送給你。」

興奮對我如此描述的金天，接著翻找起書包。

最後拿出了一張捲起來的圖畫紙。

「……？」

我拿過來攤開一看——上面是用水彩顏料畫出來的……

（我……的畫。）

雖然沒有說畫得很厲害……但我看到這幅畫卻忍不住感到胸口湧起一股暖意。

繪畫或文章之類的創作作品，會反映出一個人的心。從這幅反覆塗抹細條與色彩，仔細畫出來的圖畫中，可以感受到金天對我純粹的仰慕，想著我的事情努力畫出來的——純潔的愛，讓人莫名覺得開心。

而且老師也在上面貼了一張金閃閃的『真棒』貼紙。哥哥大人我對妳感到很驕傲喔。

更重要的是她在學校似乎過得很開心，讓我放心多了。畢竟我們是兄妹……我本來還很擔心她會像我一樣無法適應學校啊。

「請問哥哥大人是去了哪裡嗎？總覺得身上好像有味道……」

「哦、哦哦……我去打了一下柏青哥……」

聽她這麼一說我才注意到，確實有點味道。應該是店內其他客人抽菸的煙味燻到我身上的吧。

「原來是這樣。畢竟哥哥大人也要讀很多書，偶爾需要輕鬆一下嘛。呃，如果錢不夠的時候，可以用我的信用卡沒關係喔。洛斯阿拉莫斯也有付給我薪水，可是我完全都沒用過呢。」

我還以為自己都沒念書跑去閒晃會被罵的，卻沒想到金天反而表現出相當配合的態度。

既然這樣，我下午也去輕鬆一下吧……用妹妹的錢。

等等，不能這樣吧金次！這世上哪來給十歲妹妹包養的男人啦！

（而且我！應該要！努力念書才對啊！）

……就這樣，我自己責備自己後……總覺得胃都痛起來了。畢竟今天確實因為乾的關係害我壓力很大，就當作是讓自己輕鬆一天吧。

話說回來，金天以一個女生來講是『那個』啊。該說是全心奉獻的類型嘛，或者說是廢男人製造機呢。就跟麗莎——還有白雪一樣。

我帶著金天到電玩中心一起玩了一下抓娃娃機……結果竟抓到了像枕頭一樣大的Leopon布偶。天上的神明賜給了凶惡的亞莉亞小隻的Leopon，而對於聖少女金天則是賜予了大隻的Leopon呢。

然後我看著開開心心抱著大Leopon回家的金天，讓我的心靈也得到療癒。到了晚餐兩人一起吃冷凍食品的蛋包飯時，我讀書的幹勁也總算復活了。

因此我決定不要等到明天，從今晚就開始努力——而喝著紙包裝的麥茶，並坐到充當書桌用的紙箱前。

就在這時……

「呃，哥哥大人……不好意思打擾你念書了……」

我看到從我背後現身的金天，當場「噗！」一聲把麥茶都噴了出來。出、出現啦！東京武偵高中的三大惡習之一，女生的布魯馬！深藍色，沒有側邊線條。為什麼她會穿那個啦！還有胸口寫著「5－1　遠山」名字的圓領體操服。

哇！拜、拜託妳不要穿著那種形狀跟內褲一樣的玩意兒做出小女孩蹲的姿勢啦……！

「怎、怎啦？」

什麼叫『怎啦』啦。我想要假裝鎮定，卻反而說出了很奇怪的回應啊。

「今天我們女生在體育館上體育課……一開始要做柔軟操的時候，我因為不知道該怎麼做，結果給跟我配對的女孩子添了麻煩。而明天學校也有體育課，所以請問哥哥大人可以現在教教我嗎……？」

金天扭扭捏捏地對我如此請求。既然妳會感到害羞，拜託妳先對那個小女孩蹲的姿勢感到害羞吧。

不過確實，武偵高中的柔軟操有多達二十種，相當複雜。而附屬小學據說也是用同樣一套，所以我就教教她吧。畢竟我也不希望她因為不會做柔軟操，結果遭到同學排擠啊。

「好，那我輔助妳。小腿、大腿內側、後側、前側……臀部、體側……胸、背、腰、頸，雖然全部都有分成站姿和坐姿的柔軟操，不過只要各自學會比較好做的一種就ＯＫ了。」

我說著，叫金天站起身子後，首先讓她擺出類似伸展阿基里斯腱的姿勢。

「這就是小腿柔軟操。然後接下來……接下來是、呃……大腿內側和後側……」

「啊，那個我坐著比較輕鬆。」

金天抬頭看著我如此宣告後，便當場把穿著布魯馬的屁股坐到地板上。

接著也不等我做好心理準備，就把她伸直的雙腳大大張開了。

「以、以女生來說，妳身體或許有點硬啊。」

我為了不要正面直視到她因為很小搞不好反而更容易引誘糟糕情感的三角形區塊，於是假裝要幫忙壓背而繞到金天背後坐下來。

嗚哇，她的頭髮好有光澤啊。明明是黑髮，卻像在發光一樣。雖然跟我同年的女生中也有頭髮充滿光澤的女生，但十歲兒童的境界果然不同。

另外，從她的頭髮與身體可以聞到像棉花糖般的甘甜香氣。通常女人的氣味因為混有像是女性費洛蒙的東西，總是會引起我的恐懼感，然而金天的氣味就不會有那種感覺。總覺得讓人安心，是純粹讓人喜歡的香氣，莫名想要繼續聞下去。我該不會是比較適合跟小學女生在一起吧？

「嗚～對、對不起……我很不擅長、伸展操……一、二……三……」

肯定萬萬沒想到噁心的無業哥哥在自己背後聞味道的純情金天小妹妹，接著也繼續或坐或站，毫無防備地做著各種柔軟操。一下扭腰，一下四肢趴地，一下舉起單腳，一下全身趴到地上，只要我做出指示，她就會認真擺出動作。而我既然都說過會輔助她，就不得不待在她近處。

因為如此——她那緊貼布魯馬、形狀就像未成熟的李子一樣的屁股……三百六十度所有角度都近距離映入我眼中。而且金天偶爾又會當著我面前用手指調整稍微被夾到縫裡的布魯馬。

「嘿嘿……我好像有點流汗了呢。明明只是做柔軟操而已，真是沒用。」

「不，柔軟操本來就要認真做到會流汗的程度，要不然很容易受傷啊。」

我雖然表情嚴肅如此說道，但內心其實相當著急。

不斷扭動讓體操服與布魯馬摺出皺紋、感覺靠一隻手就能輕鬆抱起來的可愛身體。左右搖動的小屁股。外露的耀眼大腿、膝蓋、小腳丫。感覺從脖子下方可以窺視到胸部的圓領上衣也不可大意。糟糕，無關乎年齡，我一直都在注意妹妹身為女性的部位啊。不能這樣。可是，好可愛……嗚……

「謝謝哥哥大人。多虧你幫忙，我全部都記起來了。」

有點流汗的金天從近距離抬起頭，用她圓滾滾的眼睛看向我，讓我一時有股衝動想要抱住她——

「——爨！」

「！」

「啊、沒事。呃～要是真的做到汗流浹背，體操服明天就不能穿了。所以今天就到此為止吧。」

難讀漢字，還好我可以立刻想到啊……

話說回來，小孩子真的好可愛，太可愛了。雖然我沒養過寵物，不過小孩子應該比寵物還要可愛一萬倍左右吧？這已經超越了『可愛』的程度，甚至到『可怕』的境界啦。

而且我想這絕對不是因為我有什麼特殊癖好，而是動物性的本能讓我如此感受的。不僅限於人類的小孩子，動物的幼體會透過自身的可愛性引誘周圍對象照顧自己是大自然的機制啊。

另外，當身邊有個像這樣純潔的存在，讓人感受到的幸福感真的很強烈。宛如被太陽照暖似的舒服感覺。這和興奮產生的腦內啡不一樣，感覺應該是腦內在分泌被稱為「幸福物質」的血清素。在這樣的心理狀態下，肯定讀起書來也會很有效率吧——

但是我看一下手錶，都已經晚上九點啦！現在開始念書也只能念一點點啊。

昨天和前天我也都沒有念到書。就算為了金天花時間並不會讓人覺得痛苦，但一個人的時間還是很有限。要是我繼續像這樣當妹妹的監護人，大學考試就會落榜了。

（……這、這該怎麼辦……！）

就在我為了不要讓躲到廚房換衣服的金天擔心而獨自靜靜哭泣的時候……手機忽然響起。我因為安全起見，有把手機設定成可以從鈴聲辨認來電者——而這次的鈴聲是『HIT IN THE USA』。GⅢ啊，那就接電話吧。

「嘿，笨老弟。找傻老哥有什麼事？」

『為什麼你一接起電話就是哭聲啦？呃～關於之前在明治神宮抓到的鳥女，我要跟你報告一下調查結果，所以明天你過來一趟。另外因為感覺應該會需要超能力方面的意見，我也叫了佩特拉。雖然跟我關係已經疏遠，不過佩特拉跟金女感情不錯……啊、對了，光曲折迷彩布，你差不多該還來了吧？』

對了，金天的事情——就找GⅢ商量看看好了。

畢竟他們同樣都是人工天才，或許會願意合作。然而因為很難詳細解釋，所以……

「哦哦，知道了，我會過去。畢竟我這邊也有件重要的事情，明天跟你們講。」

我在電話中只跟他這麼講了。

隔天，金天出門去上學後——武藤把我之前拜託他的各種家具搬來了。接著我便搭地鐵的大江戶線來到GⅢ一黨借住的六本木新城住宅大廈。住的地方還真好啊，該死的有錢人。

我穿過自動門進到涼爽的入口大廳後，自以為是的看門保全大概看我可疑而把我攔了下來。不過……

「金次。」

忽然有個人從背後叫了我一聲，是身穿深橄欖綠色風衣的加奈。

而保全一見到絕世美女居然就面露笑容讓開了。要這樣我也扮成克羅梅德爾喔？

雖然我不會真的那樣做啦。

「——佩特拉過得好嗎？你們沒一起來？」

「她過得很好，不過因為要去醫院沒辦法過來。所以由我代理來把事情聽一聽，再回去傳話給她。」

過得很好卻要去醫院？這是在跟我玩猜謎嗎？算了，反正這樣也剛好。關於金天的事情，也公開給加奈知道吧。畢竟這人也是金天的姊姊大人兼哥哥大人嘛。

我們接著搭乘木紋牆壁的電梯來到三十二樓GⅢ的房間——

「遠山大人，久未問候了。還有這位應該是加奈大人吧。久仰大名。」

身穿全套整齊西裝的半老執事——安格斯便開門迎接我們了。

他因為全身各處都有不完全麻痺的症狀，所以對似乎是初次見面的加奈自我介紹時的笑臉、開關門的手臂以及為我們帶路的腳都動作扭曲。然而加奈看到他那樣也依然表現出面對普通人的態度，反而是對像個哨兵一樣站在客廳入口邊的基思——GⅢ的部下，以前我也有聽金女提過——一名臉頰有彈痕的英國裔俄羅斯人瞥了一眼。看來她是比我早一步察覺到那個前KGB的魁梧男子釋放出『要是敢動GⅢ大人一根寒毛就殺了你』的殺氣吧。畢竟加奈在極東戰役中雖然沒有和GⅢ敵對，但也不是同夥人嘛。

「喲，加奈。老哥也在一起啊。」

「你好呀，GⅢ。這是給你的禮物。」

對於身穿黑色背心與工作褲從深處房間走出來的GⅢ，加奈遞出了一盒包裝很高級的卡納蕾糕點。不過……考慮到基思剛才的反應，看來我必須確認一下加奈和GⅢ之間的關係才行。要是他們等一下因為對於金天的處置意見不合打起來，我也很傷腦筋。

「加奈，GⅢ，我今天有一項重大發表。但是在那之前我想先確認，呃……你們兩人彼此對於對方事情是怎麼想的？」

「我對加奈比對老哥信任多啦。」

「GⅢ是一名義士。我看眼神就知道。」

雖然GⅢ的回答讓我有一點點不爽，不過像加奈也用上了『義士』這個詞——代表心術正直之人的意思，是在遠山家不會輕易講出口的詞彙。看來這兩人應該都沒問題。

「了解。哦哦對了，還有這個還給你們，謝啦。」

因為穿水手服的金女也來了，於是我從Maruetsu超市的塑膠袋中拿出光曲折迷彩布交給她，結果……

「咦？哥哥，你表情有點硬喔？是不是……在隱瞞人家什麼事？」

嗚！金女的病嬌雷達似乎捕捉到我的心事啦。

「沒、沒、沒有……呃不，要說有也是有啦……不過我等一下會告訴你們啦！呃、另外、對了，GⅢ，那個鳥女怎麼樣了？你總沒有把她抓去做成炸雞吧？」

我把話題轉移到今天的主題後，GⅢ便說了一句「跟我來」，並帶我們到深處的房間。

穿過寬敞的客廳後，又是一間寬敞的客廳……而在那間客廳的地毯上，可以看到剪成西瓜頭的人工天才・馬許、打扮花俏的黑人・柯林斯，還有——被中空知擊中的肩膀包有繃帶的那個哈比鳥。他們圍成一圈坐在地上……打撲克牌啊。

「哦哦，金次！你好啊！真厲害，遠山家的兄弟姊妹豪邁齊聚一堂啊！」

這邊的客廳有一塊開放式廚房，而一名套著圍裙的金髮白人・亞特拉士就從廚房用英文對我如此搭話。他從短袖T恤中露出來的粗壯雙手還拿著碗公和盤子，但感覺並不是做給人類吃的料理。

「好久不見啦，亞特拉士。那碗公裝的……是給哈比鳥的飼料嗎？」

「嗯。哈比鳥雖然剛開始心情都很差，不過自從她搶了我的雞肉墨西哥捲吃了之後，就變得對我很順從。到現在，她的吃食就完全由我負責啦。哈哈哈！」

搞不懂有什麼好笑卻哈哈大笑的亞特拉士接著把裝到盤子上的……生雞肉端給哈比鳥，結果盤腿坐在地上的哈比鳥就——「嘰」地叫了一聲，用翅膀前端很靈巧地捲起叉子，吃起了雞肉。看來她的食性類似猛禽類啊。而且大概是因為如果吃太胖會飛不動的關係，比較喜歡吃脂肪少的肉類。

對於那樣的哈比鳥，加奈「真是稀奇」地眨眨眼睛後……

「加奈，我想拜託妳轉告佩特拉的就是關於這傢伙的事情。這是之前我和老哥一起抓到的。目前正在調查她的智力，感覺應該相當於人類的小孩子。雖然話語講不通就是了。」

GⅢ吊起一邊眉毛，看著又開始打牌的哈比鳥如此說道。

「唉呦，小鳥妹妹，真是厲害呢。好啦～我也配對完囉。」

「嗚……又輸了。這種運氣要素很重的遊戲，跟我不合啦！」

面對感覺好像真的一起在玩牌的柯林斯與馬許，哈比鳥用翅膀前端像手指一樣玩著抽鬼牌，還「唧唧唧」地開心笑著呢。

「我想那肯定只是因為用的語言不一樣而已。她那個叫瓦爾基麗雅的飼主感覺就有和這傢伙在對話啊。」

就在我對加奈這麼說的時候，GⅢ忽然——

「對了，老哥，這個給你。紅外線夜視眼罩。要是遇到瓦爾基麗雅又施展黑暗術的時候就用這玩意吧。除此之外，有時候也可以看到敵人藏在衣服裡的武器。我的特拉納現在也在改良中。」

為了不要重蹈上次的覆轍，交給了我一副看起來像黑框眼鏡的夜視眼罩。

感覺那是很方便的道具，於是我試著戴了起來……準備要詢問操作方法的時候……

「金次，還有加奈小姐，到這邊來。我跟你們講一下關於哈比鳥目前已經知道的事情。」

從別的房間中，一頭銀色長髮、身穿輕薄連身裙的洛嘉——異色瞳的超能力少女忽然現身對我們招招手。於是GⅢ、加奈和金女都往她那邊走了過去。

真沒辦法。這副紅外線眼鏡的使用方式我就自己摸索吧。

在明明只是借住卻裝飾得充滿少女風格甚至教人感到噁心的洛嘉房間中，我們各自坐到洛可可風格的椅子上。我坐在最前排……眺望著似乎是時鐘愛好者的洛嘉買來的服部鐘錶店骨董鐘的時候，身穿貼身T恤的九九藻以及一如往常穿著白色校園泳衣的LOO也進到了房間中。

接著房間內的水晶吊燈便熄滅，LOO的眼睛「啪！」一聲放出光芒，將資料投影到白色牆壁上。

居然把超尖端科學機器人拿來當投影機用啊。就沒有其他更好的使用方式嗎？

我一邊如此想著，一邊「喀嚓」地隨意按下紅外線眼鏡的按鈕……

……呃、奇怪……？

「那麼，就由我們——洛嘉和九九藻來進行說明。首先是超能力方面，從哈比鳥身上雖然沒有釋放出魔力，不過似乎長期暴露在飼主或生長環境的高濃度魔力之中。」

如此報告的洛嘉小妹妹……身上的連身裙……怎麼好像漸漸變得半透明了？

「DNA有九成與人類一樣，但剩下的部分無論在鳥類或動物中都找不到類似對象。可說是進化歷史相當獨特的生物，甚至不知道演化樹應該追溯到多上游才行的程度。」

不妙！這、這是……是這副紅外線眼鏡讓我看到她衣服變透明的……！

這副眼罩似乎是能夠照射出肉眼看不見的紅外線，然後藉由反射光看見物體的裝備。

而教人傷腦筋的是——紅外線的波長與可見光不同，具有會穿透衣服的性質。而這副眼罩大概是具有高性能的數位修正、再成色功能的樣子——現在洛嘉身上充滿刺繡荷葉邊裝飾的純白內衣已經完全透出來讓我看到了……！

停下來、停下來啊……！我趕緊假裝在抓頭並按下紅外線眼鏡的按鈕，可是……噫！或許是按到什麼不對的地方，結果讓影像解析度反而更加提升，連布料的褶皺都清清楚楚地——

「像這樣的鳥女在世界各地都曾有過目擊案例，在日本也有被稱為『姑獲鳥』的類似妖怪傳說。這就是那個版畫。」

明明自己也是妖怪卻如此說道的九九藻，身上那件T恤現在在我眼中看起來也是半透明的。

這傢伙的胸口是用類似纏胸布的東西捆起來，在爆發方面來講相對比較安全。但是很快地，那個纏胸布的透明度也一秒一秒漸漸在提高啊。雖然牛仔短褲因為布料比較厚，讓下半身透出來之前還有一段緩衝時間，可是——不妙，那兩人都表情認真在講話卻全身半裸的情境，莫名有爆發性啊……！

「——喂，金次，你到底有沒有認真在聽？從剛才開始你在搞什麼，又是內褲怎樣的，盡想些別的事情。你是白痴嗎？」

嗚……這麼說來，洛嘉擁有類似精神感應的能力，可以看穿別人的想法啊……！

「老哥，你已經在使用透視功能啦？不過洛嘉是我的部下，沒必要警戒吧。」

坐在我旁邊的GⅢ當著大家的面把這副眼鏡的功能公開出來——

而正好坐在我後面的加奈也……

「金次真是的，居然還用那種東西在看女孩子？果然是男孩子呢。」

把自己也是男孩子的事情擱到一旁，從話語中暗示我正在用透視眼鏡做壞事。最後……

「沒、沒有，衣服會變透明的功能我現在已經關掉了啦……！」

著急起來的我自掘墳墓，自己招供出來了。

關於哈比鳥的調查報告會結束後……

「然後呢？老哥的『重大發表』又是什麼？」

「關於這個嘛……你、金女還有加奈，麻煩你們三個人跟我一起到我在學園島的家來吧。」

被洛嘉與九九藻揍到變成貓熊臉的我，特別只指名了遠山家的兄弟姊妹。

「搞什麼啦……那我去換穿成外出服。」

大概是對於我找他商量這件事本身感到很開心的GⅢ如此說著，走向衣櫃。

「你記得穿正常一點的衣服啊。別嚇到對方了。」

要是他又穿得像昭和時代歌星的打扮也很『那個』，於是我這麼提醒後——

「是要去見什麼人嗎？」

從我的發言中察覺這點的金女一臉疑惑地如此詢問。

「……是啊。呃……等一下要見面的人物，或許對你們三個人來說是很有衝擊性的存在。你們先做好一定程度的覺悟，拜託絕對不要失去理智。」

擔心金女的我一臉嚴肅地這麼拜託後，兄弟姊妹們似乎也察覺出我的態度，分別「知道了。」「ＯＫ。」「嗯……」地點頭回應了。

明明叫他穿正常一點，最後卻給我穿防彈立領學生服配披風，品味堪稱崩壞程度的GⅢ——駕駛著一臺Ｖ８引擎的大型敞篷車‧瑪莎拉蒂GranCabrio。他大概是聽到我那段事先警告的緣故，才選了這臺抓地性良好的戰鬥車輛吧。明明現在才下午，這輛車的顏色也是適於夜戰的黑色。後車箱似乎也改造得像收納庫一樣，總不會是裝了什麼大砲，改裝成戰車了吧？

「——即將抵達首都高台場出口。能夠載著各位兜風，本車深感愉快。」

瑪莎拉蒂車上也有搭載……或者說是也存在的人工智慧——亞許透過車內喇叭如此說明後——載著遠山家四名兄弟姊妹、比一般坦克更恐怖的這輛車便開下彩虹大橋。

人工浮島就在眼前了。雖然我有想過要事先打電話告訴金天之類的，但要是她因此害怕得躲起來也不好。遠山五兄妹的會面，就在沒有預演的狀況下直接來吧。

「打擾囉。呃……房間外面就是海呀。這樣晾衣服不會很難乾嗎？」

「還真小啊，喂。」

「哥哥，為什麼房間明明朝著南方，日照卻這麼差呀？」

哥哥，或者應該說姊姊、弟弟與妹妹一進到我的新家——就各自嫌東嫌西的。我要哭囉？

「囉嗦啦！這裡租金便宜啊，有什麼辦法。」

我讓那三人坐到今天才剛搬進廚房的餐桌旁，並且去沖泡即溶咖啡的時候……傳來有人用備份鑰匙「喀嚓」一聲打開門的聲音。

金天剛好回來啦。

「哥哥大人，我回來了。咦？玄關怎麼有好多鞋子……？」

小小的腳步聲接著「咚咚咚」地從走廊傳來——

「又是女人啊。」

GⅢ聽到金天的聲音頓時一臉無奈，金女也露出不太爽的表情。

然而——唯有加奈「……！」地似乎察覺到什麼事情而變得一臉嚴肅。

「請問是……有什麼朋友來訪嗎？」

搖曳著兩邊綁高的小馬尾，從走廊偷偷看向廚房內的金天接著……

「——GⅢ、GⅣ……！」

馬尾高高跳起，並睜大圓滾滾的大眼睛。

而看到金天的GⅢ與金女則是……

「……既然會知道我們，代表不是普通人啊。而且會叫金女是GⅣ，可見不是老哥告訴她的。」

「是誰？」

多多少少對金天表現出警戒的態度。即使對方是小孩子也毫不鬆懈，露出銳利的眼神注意對方。

到這邊為止都在我的預料之內，因此……

「這孩子是第二世代的人工天才，GⅤ——我們的妹妹。名字叫『金天』。」

我首先立刻公開這點。

「唉呦……」

「……呃、喂……真的假的……Oh, my……God！」

「第二世代的、人工天才！」

加奈豎起手掌遮在嘴邊，GⅢ做出像電影演員一樣誇張的動作，金女也睜大眼睛把身體撐到桌面上。

相對地，金天則是——露出飽受衝擊的表情，全身僵住了。

「金天也冷靜下來聽我說。在場的大家在長相上都多少有點相似，所以我想妳應該可以知道，這些人……是妳的哥哥姊姊。加奈、我、GⅢ還有以前被稱作GⅣ的金女。大家都不是妳的敵人。」

我針對這點也進行說明後……

「……我的……哥哥姊姊……」

金天總算用發抖的雙腳走進廚房內。臉上露出七成驚訝，三成感動的表情。

「金天是從美軍駐日基地一個人逃脫出來投靠我的。另外也有相當凶暴的追捕者來過這裡，雖然已經被趕回去就是了。所以我在想，應該要保護她才行。加奈、GⅢ、金女，身為流有相同血液的兄弟姊妹，可以拜託你們今後也幫助這孩子嗎？」

我用誘導現場氣氛同情金天的語氣說明完事情的來龍去脈後……

「首先……加奈、讓我聽聽妳的感想吧。」

對畢竟是長子，所以在場擁有最強發言力的加奈如此詢問意見。加奈絕對不會講什麼欺負人的話才對。

「……首先，關於她是不是真的。我很快就知道了，她是真的。」

「為什麼妳會知道？」

聽到我這麼一問，加奈就像鴿子一樣微微歪頭……

「為什麼呢？這不是用理論可以解釋的事情。我總覺得這孩子──有種很久以前就知道的感覺。似乎……跟我有點像？」

我想那肯定……是加奈也擁有的、關於母親的記憶。

長年來的相處讓我知道，加奈有一部分記憶是跟大哥共有的。但因為「加奈」這個人格是後來才誕生，所以有很多事情她並沒有認識為是自己的記憶。或許也是因為這樣，讓她感到有點混亂的吧。至於長相會有點像，是因為加奈的模仿對象就是我母親。

「……金天，很高興見到妳。我和妳是同一個父親生的小孩喔。提摩太前書第5章第8節——人若不看顧親屬，就是背了真道，比不信的人還不好，不看顧自己家裡的人，更是如此……我會愛妳，守護妳的。」

如此背誦聖經的加奈，似乎願意接納金天為妹妹的樣子。

而聽到這段話的金天也「加奈小姐，我好高興……」地露出由衷感激的表情。

「——GⅢ、金女，你們又是如何？」

我接著擺出『你們要是敢欺負么妹，哥哥我絕不原諒』的些微施壓態度詢問那兩人。本來還以為這樣就能讓全體意見一致，結成守護金天的遠山同盟的說。可是——

「……我不表示意見。」

GⅢ卻表情嚴肅地交抱雙手，而且是把左手義肢放到心臟前，帶有防禦性的動作。

不妙啊。他表現得比我想像中還要有距離感。我還以為剛剛在六本木已經充分警告過了，可是人工天才之間……或許就像GⅢ跟馬許一樣，在一開始的立場都是對立的吧。

這麼一來，關鍵就在於金女對金天抱持怎麼樣的印象了。要是發展成加奈&我、

GⅢ&金女二對二的局面，可是會很麻煩的。

金女極為討厭在我身邊有其他女生，而且這次還是可能威脅到自己立場的另一名「妹妹」，我很害怕她究竟會怎麼做啊。

但是一反我心中的擔憂——

「金天……妳現在幾歲？學校讀哪裡？」

「——我十歲。學校是讀在那邊的武偵高附小。」

金女用很溫柔的聲音與金天如此交談。感覺真的就是金天的姊姊一樣。

……兩人畢竟是姊妹，人格姑且不論，但臉蛋非常相似。或許就是因為這樣，讓金女的第一印象很好吧。雖然也有可能是她過於驚訝，所以現在腦袋還沒整理清楚的關係。

不管怎麼說，總之我已經確認大家各自對金天是怎麼想的了。金天感覺也還有點緊張，但一定沒問題。家族間的感情，從現在開始培養就行啦。

要培養感情就要靠食物。像我以前就是靠給蕾姬吃超壺麵，給猴吃香蕉而建立關係的。因此這次我也打算用這手法，而做了五人份的餐食。

餐點內容是咖哩，畢竟沒有人類會討厭咖哩嘛。雖然我們或許是非人哉人類的一族，但非人哉人類也是人類啊。

因為咖哩就是要按照包裝盒上寫的方法去做是最好吃的，於是我遵照說明將豬肉、馬鈴薯、洋蔥與紅蘿蔔切好，在大鍋子裡倒入沙拉油加熱並炒熟食材……偶爾確認一下在餐桌邊聊天的那四人。

加奈和金女後來都有和金天互相自我介紹，原本僵硬的氣氛也漸漸放鬆，如今加奈、金女和金天都很愉快地露出笑臉了。一如『三個女人一臺戲』的諺語所說，感覺她們怎麼聊也聊不完呢。雖然三人之中有零點五是男人啦。

然而……GⅢ倒是不怎麼講話，表情也依然很僵硬。

仔細回想起來，當初與金天剛見面時的我也是那種感覺。或許像這樣的時候，女性的心靈比較堅強吧。

就這樣——到了傍晚，我們五人一邊享用時間稍早的晚餐，一邊聊天。

加奈和金女依然和剛才一樣又是「妳吃飯好端莊呢」又是「妳知道松屋的咖哩牛嗎？」一地跟金天嘻嘻哈哈聊個不停，但GⅢ始終保持沉默。於是……

「喂，GⅢ，你也講些什麼話吧。」

我稍微責備了他一下，結果……

「……你剛才說『有追捕者來過』對吧。是從美軍基地來的嗎？」

這傢伙居然完全不看場合，提出了這樣嚴肅的問題。不過畢竟關於那方面我也必須跟他們講清楚，所以……

「是啊。是從洛斯阿拉莫斯經由美軍基地過來的，叫『ZⅡ』的第二世代人工天才。會使用像是把超能力跟格鬥術混在一起的招式，不過是個有點呆的女人。而金天也會使用類似念力的超能力——所以和我合作把對方擊退了。」

我一邊吃著咖哩，一邊如此回答。

「……Z系列、嗎？雖然我知道得不多，但洛斯阿拉莫斯的精神工學中心的確有關於那種存在的傳聞。畢竟老哥被評價為ESP（超能力者）獵人，這次又有人工天才助陣，對方大概是沒有獲得在這種狀況下的戰鬥許可吧。就算想派美軍的部下過來，在日本也沒辦法期待足夠的後援啊。」

什麼ESP獵人……我只是對超能力者的戰績勝率比較好而已，不代表我就擅長對付超能力者啊……

「不過，美軍可是世界第一纏人的喔。住在這種破房子裡，而且還悠悠哉哉去上學什麼的，很危險吧。」

「很抱歉我住的就是破房子啦。這裡有我保護，用不著擔心。小學也是義務教育，必須讓她去上才行。不過……你講的也有道理。要我一個人保護金天，難免會有不周全的狀況。」

「嗯～確實，比起這種破房子，GⅢ的公寓防守比較堅固呢。金天，妳要不要搬過來比較好……」

姑且不談把我家稱為破房子的事情，不過金女也同樣表示應該謹慎行事。然而……

「我要住在這裡。」

金天抱住坐在旁邊的我的手臂，鼓起腮幫子。態度上感覺與其說是她比較想住在破房子，不如說是她討厭GⅢ吧。眼神也好像有點在瞪著GⅢ的樣子。

「GV。」

「我叫金天。」

被GⅢ稱為GV，讓金天頓時變得一臉不開心。

然而……GⅢ畢竟是年長者，於是表現出讓步的態度。

「金天，我不會叫妳一定要來我的地方住。美國人就是應該能夠自己保護自己。不過，美國人為了保護夥伴也不會畏懼流血。我是老哥的夥伴。只要老哥說妳是夥伴，我也會把妳當夥伴。在這點上，我願意對星條旗發誓。」

「……我明白了。謝謝你。」

GⅢ與金天之間……姑且算是結成同盟了，不過感情依然不算好。

但不管怎麼說，初次齊聚一堂的遠山家五兄妹——大家一起吃了一頓飯。如果是在一般家庭，家人一起用餐應該是很普通的事情吧。我今後也要繼續製造這樣的普通機會，讓這樣的普通關係繼續維持下去。

吃完飯後過了一段時間……

「老哥，我們出去喝杯咖啡吧。剛才那咖啡簡直不是給人喝的啊。」

跟以前的亞莉亞一樣講著『即溶咖啡不合自己口味』這種話的GⅢ，忽然把我單獨約到屋外。

挑在這種時機兩人離開……擺明了就是要跟我密談關於金天的事情。但或許他不顧如此也有想要跟我講的事情吧。

「如果打扮很矬的披風男願意幫我出咖啡錢，我就去。」

「什麼咖啡錢……你連身為哥哥的尊嚴都沒有啦……」

在如此嘀咕的GⅢ帶路下，我們把女生們留在公寓——走向夜間無人的附屬小學前公園。

「男性二點五人，女性二點五人，咱們這群兄弟姊妹的比例還真是優美啊。」

「用不著跟我閒聊了。話說你啊，對金天的態度也太嚴厲了吧？為什麼啦？」

我把用GⅢ的錢買來的罐裝咖啡拋給他並如此說道後……

「……第二世代跟我們第一世代從設計概念上就完全不同，是超級人工天才。雖然企劃概念本身似乎跟我們一樣，是打算創造出足以取代核武的人間兵器使用在戰爭上就是了。」

GⅢ坐在長椅上打開罐子，並壓低聲音這麼說著。

「我們第一世代的人工天才體內帶有戰鬥力或智力方面特殊體質的超人DNA，而第二世代則是除此之外再加上超能力者的DNA。換句話說既是人工天才，也是人工超能力者——是打算創造出遠超越第一世代的人間兵器的計畫。或許這種比喻方式會讓身為日本人的老哥感到不愉快，不過如果把第一世代比喻為原子彈，那麼第二世代就是氫彈。然而那個氫彈——第二世代的開發……據說一開始是失敗連連的。」

「失敗？」

「無論特殊體質還是超能力，都分別有很多種類對吧？而那個配對就是一項難題。即便擁有雙方的能力，若無法有機性地互相配合活用——就只是單純的人工天才兼單純的人工超能力者。並沒有達成『遠超越第一世代』的目標。」

唔……

假設有個「律師兼棒球選手」的人物，若沒有辦法巧妙組合兩種能力，那麼只要有律師和棒球選手各一人就能與之對抗了。

究竟把什麼能力和什麼能力合在一起才可以創造出氫彈人，看來美軍也還在摸索階段的樣子。

「這麼說來……ZII對付起來也沒有比你們強很多的感覺啊。」

「那個ZII的年紀大約幾歲？」

「十三或十四歲左右。」

「那就是中期試製時代的第二世代了。那段時期他們總算發現幾個具有效果的組合模式，後來再經過多次實驗，第二世代才接近完成的。有傳聞說，最近的個體已經達到第一世代無從對付的程度，是貨真價實的氫彈了。」

「所以你才會一反平常的態度……對金天的警戒心那麼高啊。不過你別擔心，金天說過戰鬥不是她的擅長領域。」

「……我也不覺得GV看起來很強。但是……第二世代已經是超越我們能夠理解的領域了。而且也難以想像到底是把G系列——把HSS跟超能力怎麼結合的。總之你小心點。那搞不好是來暗殺老哥的啊。」

暗殺——

管他是自己國家的總統還是外國的重要人物，遇到對自己不利的對象就靠暗殺解決可說是老美的傳統。畢竟我有被列在準危險人物名單中，或許也有什麼美國人想要把『哿（Enable）』消滅掉吧。話雖如此，但我也不覺得金天會殺掉我，更何況——

『——那種沒力氣的人殺不死我啦。』

「老哥你太天真了。」

「那我就負責天真疼愛的部分，嚴格監視的部分就交給你。畢竟小孩子的監護人如果太寵或太嚴都不好。你要抱著監視的打算也可以，總之你也來幫忙護衛金天。要是追捕者又來了，光靠我的力量或許沒辦法完全保護她啊。」

「了解。不過金天對我警戒心很高，所以我再從部下中募集自願者吧。」

把咖啡喝光的GⅢ「咻」一聲——把空罐精準丟入距離十公尺遠的空罐回收桶。

他雖然願意合作了，但感覺上與其說是要保護金天，還比較像是為了從金天手中保護我的樣子……正當我這麼想的時候，果不其然……

「老哥，除了那個眼罩之外，這個也給你。雖然外觀偽裝成口香糖，不過這是一個開關。如果追捕者又來了，或是萬一你被金天襲擊的時候就按下它。那樣一來我就可以根據GPS的位置情報趕過來。」

GⅢ如此說著，遞給我一個口香糖型的發信器。看來他……真的相當警戒金天啊。

去上學的時候，金天會將小學生書包立在地板上，然後自己坐下來往後方一滑，用背部貼上書包背起來。還真是獨特的方式啊。

「那我送妳去學校。」

就在過度保護的我一邊打呵欠一邊打開玄關大門時……

「——金～天～同～學，一起去、學校吧～」

哇！LOO居然就站在門外。她身上的武裝零件已經卸下，取而代之地裝備了一個紅色的小學生書包。身上也穿著紅色水手服，看起來就像個面無表情的凸小腹小女孩啊。

在她旁邊還有髮型像狐狸耳朵，或者說那根本就是真的狐狸耳朵的九九藻。

「從今天開始LOO也會去武偵高附小上學。入學手續我已經辦好了。」

呃……原來附小是個狐狸人去辦理手續就能讓機器人進去就讀的小學嗎……？

我雖然一時這麼想，但其實也沒什麼好奇怪的。畢竟那是腦袋有問題的武偵高中底下的附屬學校嘛。

「意思是說金天在學校會有LOO跟著啊。妳會正常講日文嗎？」

我對雙手夾住一個牛奶包裝盒，喝著裡面重油的LOO輕輕戳了一下後……

「我會講。知道的詞彙比你還多。嗝！」

——口氣臭死了！明明是機器人打什麼嗝！揮發的重油都燻到我眼睛啦！

「金天，我叫九九藻生稻，是GⅢ的部下喔。妳上下學的時候我會跟著妳。然後這位LOO成為和妳同班的同學囉。」

九九藻對待金天的態度莫名溫柔。她應該是因為喜歡GⅢ，才會自願來當金天的護衛好賺取好感度吧？哎呀，反正她是個超能力者，或許很適任就是了。

「好的……謝謝妳們。」

金天理解了狀況，而且對九九藻和LOO的印象都不錯的樣子——於是露出笑臉轉向我。

「——哥哥大人，謝謝你總是那樣照顧我。不過我想哥哥大人也有像是讀書、工作、跟朋友交流等等許多想做的事情……我不希望自己成為哥哥大人的負擔。你不需要無時無刻都只想著我的事情，即使沒有在一起也不用擔心。因為……哥哥大人和我是兄妹，有看不見的羈絆相連呀。」

她對我——說出了這樣一段體貼的發言。

……原來我最近有點在勉強自己的事情，都被她發現啦。

「總覺得反而是我讓妳擔心了，真是抱歉啊。現在既然有九九藻她們來幫忙了，我也會努力加油。」

「是，哥哥大人那樣的部分，很迷人喔。認真努力的哥哥大人……很帥氣呢，雖然被自己妹妹講這種話或許也不會開心就是了。啊哈哈……那、那我出門囉。」

金天微微臉紅地害臊一下後，便與ＬＯＯ牽起手上學去了。

在金天去上學的這段時間，我到代代木講座中心領取了上次模擬考的結果。不過……

果然除了英文之外，其他科目都沒什麼進步。再這樣下去別說是東大了，就連成為預選的入學中心考試，不，甚至高認都恐怕很危險。

（我腦袋真的很笨啊……雖然是早就知道的事情啦。）

我中午前拖著沉重的步伐走出代代木講座中心……看到在校舍門前有好幾間其他同業補習班的人員明目張膽地在發傳單。畢竟發傳單的工作也有業績壓力，於是我抱著公益精神收下傳單……然後順路到一家富士蕎麥麵吃清湯蕎麥麵，並隨意拿起一張傳單瞧瞧——

（東大入學考專門補習班‧松丘館，高三後期課程即將開講……東大及格率——

『一〇〇％』！）

居然讓我發現了有補習班在傳單上寫出這樣的宣傳標語。騙人的吧？

不，可是景品標示法有明文禁止誇大廣告。如果這傳單上寫的是真的……雖然學費偏高，但若考慮到落榜重考的可能性，其實還算便宜。

（反正我現在難得有時間了……就稍微到這間松丘館看看吧。）

於是我出了店門後直接來到松丘館──位於港區田町，距離來說從台場也不算遠。

補習班大樓並不像駿台補習班或代代木講座中心那樣高大，而是殘留有昭和時代古老風格的破舊四層建築。從這樣的地方竟然可以量產出東大學生，真是讓人吃驚啊。

我接著推開連保全設備都沒裝的入口大門一看，發現裡面沒有受理櫃檯，似乎是教職員室兼作櫃檯的樣子。因此我戰戰兢兢地對教職員室中打了聲招呼。

「呃……我是看到這張傳單來的考生，想要聽聽看說明……」

「啊，請進請進！我叫茶常，由我來為你進行說明。」

呃，前來招待我的居然是個年輕女老師。身高接近一六〇公分，是個雙眼皮大眼睛的美女。往內捲的秀髮剪成鮑伯頭，嘴上還塗有口紅。真是討厭啊。雖然帶有光澤的深灰色窄裙西裝配黑色絲襪的優雅服裝讓我很喜歡就是了。

約有六名老師感覺都很忙碌的教職員室中有一張面談用的桌子，而我與那位女老師便坐到那桌邊──一邊享用紙杯裝的茶，一邊聽取關於補習班的說明。

松丘館並沒有分校，這裡就是本校也是唯一的校舍。補習班會安排學生的考試學習計畫表，根據學力程度進行分班，從基礎部分開始仔細指導……原來如此，原來如此……

「那麼，請問遠山同學擅長什麼科目呢？還有你的偏差值大約是多少？」

聽到一直都笑臉迎人的茶常老師如此詢問，害怕成人美女的我於是就……

「……呃～我擅長的是英文，不過……其他科目的偏差值都在三十上下。老實講，我高中在學期間都沒怎麼讀書……像我這樣的狀況也能考上東大嗎……？」

連視線都不敢與她相對，而且講話小聲又結巴地反過來詢問對方了。對於這樣的我……

「當然可以！只要從現在開始努力就沒問題了！我也是松丘館的校友，然後是東大畢業的喔。」

茶常老師笑咪咪地如此斷言。

「這張傳單上，寫說你們這裡的東大及格率是百分之百……」

「是的！我們的東大及格率是百分之百呢！」

她講話的態度還真有自信啊。這間補習班搞不好有什麼讓白痴也能考上東大的密技。

不過……如果高認、中心考試、東大前期、後期入學考的必要課程全部都在這裡上，費用將會相當高。就算扣掉英文不上可以稍微便宜一點，但入學費用和上課費用粗略估算起來——我的生活費在明年三月就會用光。幾乎在入學考結束的同時，我就會變得身無分文了。

不，即便如此，若百分之百能夠及格就沒問題了吧。這不是平白浪費的死錢，而是能得到回報的活錢啊。

於是我對著把手肘撐在桌上，笑咪咪看我按計算機的茶常老師——

「我……我明白了。我要報名。」

如此表示後，收下費用匯款單。

「你只要今天去匯款，明天就能開始上課了。讓我們一起加油吧！」

我剩下要做的事情——就是祈禱這位始終保持笑臉的茶常老師不會是我的班級導師了。

松丘館的規定是入學費、上課費要全額先繳，讓我一口氣就花掉了全財產的將近一半……不過這下等於我已經可以考上東大，是很大的一步啊。

隔天禮拜六，我再度來到了松丘館。

昨晚我告訴金天我報名補習班的事情後，她便當場「哥哥大人真是努力家呢！」地稱讚了我一番。而且還「為了讓哥哥大人可以舒舒服服去補習班上課」，幫我把因為使用八岐大蛇而脫線的外套縫補到很晚，我要出門的時候也「有帶鉛筆盒嗎？手帕呢？有沒有忘記什麼東西？」地，像個媽媽一樣幫我確認了該帶的東西。

我就這樣帶著金天與大清早就來找她玩的ＬＯＯ一起為我做的便當，進入懷舊風格的松丘館大樓一樓。補習班會將學生根據入學時期與學力程度進行分班，而我被分到的是後期開課的五班……不出所料，是最低學力等級的班級。

即便如此，從現在開始打算在半年內考上東大的人應該不會有偏差值才三十的傢伙，所以周圍的大家應該腦袋都比我聰明。如果想要融入其中，就必須從外觀上假裝自己腦袋很好吧。

如此判斷的我——臉上戴著之前GⅢ給我的那副黑框眼鏡，為了不要讓透衣功能啟動，我還用瞬間膠把按鈕都固定起來。

從今天開始以考上東大為目標，或者說百分之百可以考上東大的五班學生……共有二十人。大概是因為這裡上課費用比較高，所以即使只有這點學生也能持續經營吧。另外，這裡使用的桌子是長矮桌，大家是坐在地板上課。畢竟這間補習班的上課時間很長，如果要長時間坐著，坐地板會比坐椅子輕鬆嘛。

不過，嗯……雖然我也有預料到這種可能性啦，但是這班的女學生有十人。因為她們穿的是裙子，讓我很害怕她們的內褲。這點要多加警戒才行。而且因為男生女生很自然地分開坐的緣故，所以座位是男女面對面。

而坐在我面前的——是個皮膚曬黑，頭上綻放向日葵的髮飾，假睫毛面積比眼睛還要大，還貼了像魔女一樣的假指甲——或許這樣講很失禮，不過感覺就是最低學力的俗稱「黑辣妹」。是說連這種傢伙也能考上東大嗎？這補習班真強啊。

話說回來，都已經二〇一〇年了居然還有黑辣妹，簡直是瀕危物種，紅皮書動物了嘛。而且似乎是好朋友而坐在她左右兩邊的也都是黑辣妹，三個人身上都穿同樣的夏季毛衣配格子裙制服，讓人根本無從分辨。我就從以前被理子強迫全篇看完的初代鋼彈動畫中借用小隊名稱，把她們取名為「黑色三連星」好了。

（比起她們，更重要的是男生啊。或許可以趁這個機緣交到朋友也說不定……）

對於幾乎沒幾個同年代朋友的我來說，這也是上補習班的重要附加價值。

這樣總比看什麼女生要來得不會緊張，於是我鼓起勇氣轉向坐在右邊的男生……

「你好……呃～我叫遠山……」

如此打了聲招呼後，那個低著頭的天然捲眼鏡男卻……

「……敕使川原。」

只是報上自己的名字，連頭都不抬起來，非常專心地在筆記本上不知道在寫什麼東西。

原來如此，這裡是東大補習班，所以在開始上課前也要把握時間念書啊。我要向他看齊才行——正當我這麼想的時候，發現錯了。因為他用手臂遮住的關係讓我一開始沒看到，不過他其實是在畫漫畫……不對，是插畫。雖然畫的是個在掀裙子但不知道是怎麼掀的居然看不見內褲的美少女圖，這點讓我不太能接受，不過畫功倒是很強。真想請他去幫可鵡韋寫的輕小說畫插圖呢。畢竟有時候小說就算文章寫得很差，只要插圖漂亮就能賣得很好不是嗎？

「嗚喔！這不是金次哥嗎！呀哈——！能見到你超開心的！超強的！還記得我嗎？是我啊！我啦我啦！」

這時從稍遠的座位忽然傳來像是『我啦我啦詐騙』的聲音在叫我，於是我轉頭一看……嗚哇！怎麼會這麼巧？因為對方原本一頭金髮恢復成黑色，也沒戴有色太陽眼鏡，害我一時沒認出來，不過——這傢伙是之前在東池袋高中莫名仰慕我的不良少年藤木林啊。我明明就有戴黑框眼鏡，居然一下子就被認出來了。

特地和其他男生換座位而坐到我左邊的藤木林——這麼說來以前好像說過他要用功念書當個醫生的樣子。

「藤木林，沒想到會在這種地方見到你啊。你也是以東大為目標嗎？朝青過得可好？」

「是的！我是理科Ⅲ類志願的。朝青現在都在他老爸的漁船上幫忙釣烏賊。」

因為互相認識的緣故，我和藤木林都忍不住聊了起來……

「我現在雖然沒工作，不過從今天開始我們又像是同班同學一樣啦，就拜託你多關照了。敕使川原，我也幫你介紹一下。這傢伙叫藤木林，雖然看起來像混混，但其實本性很好啦。」

「嗚喔！超強的！你的畫！超強的！」

「……別看啦……」

如此這般，就在我們這群無業男子、不良少年與宅男吵吵鬧鬧的時候，突然——

——啪唰————！

彷彿是什麼東西破裂般尖銳的聲音響徹教室。

全班同學被嚇得望向聲音傳來的方向，發現在教室入口門前……那時候為我介紹補習班的茶常老師就站在那邊，手上握著一把剛才拿來鞭打門板的教鞭。

「——全部給我閉嘴！這群廢物————！」

見到茶常老師豎起眼角發出尖銳聲音的模樣，包括我和藤木林在內的所有人都被嚇傻了。

接著把門關上，脫下黑色跟鞋走進教室的茶常老師……昨天的笑臉就像騙人的一樣，現在表情充滿嗜虐感。簡直就像是負責訓練新兵部隊的鬼教官啊。

「你們的偏差值我都清清楚楚。每個傢伙都一樣，明明過去好幾年都沒付出過什麼努力，現在居然跟我說想要考上最高學府——東京大學？世界上怎麼可能會有那麼簡單的事情——！這群廢物——！沒有努力就沒有榮耀啦啊啊啊！」

……怎、怎麼覺得，這裡好像跟我想像中的補習班完全不一樣……

話說，這種軍隊式的學校……原來不只是武偵高中而已，在補習班也有啊……

「坐在那邊的！給我複誦一遍！『我是個努力不足的廢物！』」

茶常老師接著像雷射槍般「唰！」一聲用教鞭指向我右前方的黑辣妹。

「噫噫～……姊姊……！」

「姊、姊姊……！」

黑色三連星的右邊抱住中間的求救，中間的又抱住左邊的求救。我才想說她們怎麼那麼像，原來是三姊妹啊。

「我、我們逃吧……！」

相當於蓋亞的長女黑辣妹趕緊帶著兩個妹妹試圖逃跑，朝教室門使出噴射風暴攻擊。但是……門打不開。被上鎖了。

「鑰匙在我這邊。可是，這個鑰匙每個人只能用一次。如果敢蹺課逃跑，就立刻視為退學。補習班章程上也寫得清清楚楚呀。」

聽到豎起眉梢的茶常老師這麼說，於是我看了一下自己帶來的補習班細則……

上面確實有用非～常小的文字寫到這項規定。這間補習班很不妙啊……！

大概是認為自己讓父母花了大錢，不能才來一分鐘就被退學的緣故，黑色三連星穿著泡泡襪的腳只能不斷發抖，走回自己的座位。

「全體起立！每個人給我輪流複誦一遍！『我是個努力不足的廢物！』」

啪——！用教鞭抽打白板的茶常老師——魄力相當驚人。她簡直可以勝任武偵高中的教官了。

就這樣，大家接下來都用一臉差點要失禁的表情被迫大叫「我是個努力不足的廢物！」這樣一句話。

從黑色三連星開始，包含其他女生們，包含我、勅使川原、藤木林還有其他男生們也一樣。

像這樣否定人格的訓誡與宣言，是軍隊為了把精神上還沒脫離一般社會的新兵改造成戰鬥機器而經常使用的手法。不過現在這是代表——補習班就是軍隊，入學考試就是戰爭的意思吧。

「我這個人很嚴，但是很公平。管你是男生是女生，是不良少年是落魄武偵是宅男還是辣妹，我都不會差別待遇。在這裡的所有人！全部平等！都是腦袋空空的廢物！如果想要考上東大，文科理科都需要用功念書三千小時。而現在距離考試只剩四千小時！給我不眠不休地念書！」

等等，她剛才是不是也有特別把我提出來？

「全體坐下！當年我還是考生的時候，一天最少讀書十五個小時。所以從現在開始每週三天，每次十五小時，我會從早到晚好好磨練你們這群廢物。首先是國文！給我拿出課本，翻開第一頁！」

國文、化學、世界史、數學——透過填鴨式教育連續被硬塞知識十二個小時。

雖然最後還有英文課，但因為我沒有繳那部分的學費，所以比大家早一步解脫了。

現在……已經晚上九點。真的是從早到晚都在讀書，嚴格到嚇人的地步。

而且補習班還出了多到教人不敢相信的回家功課。松丘館的東大及格率之所以是百分之百——其實是因為他們透過徹底的填鴨式教育，讓無法承受的人都離開，只讓能夠念書的傢伙留下來的關係。

我事到如今才上網查了一下……發現大家對松丘館的評價盡是「只有情報弱者才會去讀的補習班」、「根本是詐欺」等等。雖然確實有補習班的學生考上東大，但人數不明。去年的及格者中能夠查到的只有三人。優秀的三名學生留下來然後三名都及格，也可以稱作及格率一〇〇％嘛。

（……跟阿久津那時候一樣，我又上當啦……）

因為一直以來都過著只有戰鬥的人生，造成我有種只會顧著警戒殺氣的傾向。就算能夠察覺會奪取性命的地雷，似乎也沒辦法察覺會奪取金錢的詐欺。

由於課程實在太硬，讓我午休時也完全沒有食慾……結果金天為我做的便當到現在都還沒碰過。但是我如果就這樣帶回家，肯定會害金天擔心。於是……我只好垂頭喪氣地坐到學園島第十九區的公園長椅上，打開便當。在昏暗的公園中，將香鬆飯、章魚香腸、煎蛋捲、兔子蘋果等等……想必花了很多功夫製作的料理默默塞進嘴巴……想到由衷鼓勵我到補習班念書的金天，不禁湧起了極為愧疚的心情。

或許是用腦過度的關係，走路搖搖晃晃的我……為了不要吵醒或許已經在睡覺的金天而悄悄進入自己家。結果……

「哥哥大人，你回來啦。去上課那麼久，真是辛苦你了。」

金天不但還醒著，而且正跪坐在客廳中為我燙褲子。

仔細一看，其他洗好的衣服也整整齊齊摺好疊在一邊。

她大概是為了不要造成我的負擔，而積極在幫忙做家事啊。

「請問補習班怎麼樣呢？」

「嗯、哦哦，不錯啊。」

我不想害她擔心而撒了謊，但也許還是一眼就能看出我處於過勞狀態的關係……

「不過你臉色看起來很疲憊呢……一定是很努力的緣故吧。啊，還有點發燒喔。」

金天走過來稍微踮腳，用她小小的手心摸了一下我額頭後——為了讓我可以輕鬆，而幫我解開領帶。

「沒有啦，這只是因為我難得用腦，結果讓腦袋稍微過熱了而已。我接著還有回家作業……」

「請休息一下吧。要是你感冒就不好了。就讓金天……當哥哥大人的母親，好好療癒你。」

「母、母親……？」

因為我一直以來在內心對金天感受到的母性忽然化為關鍵字從她口中冒出來，害我頓時全身僵住的時候……

「哥哥你回來啦。金天是哥哥的母親，而我就是媽媽喲。現在正在幫你準備飯飯喔～♪」

套著一件圍裙的金女從廚房探出頭來對我一笑。看來她一直都在幫忙保護金天的樣子，在這點上我是很感激啦。但肯定是她教了金天什麼奇怪的遊戲對吧？

話說什麼叫『她當母親，我當媽媽』啦？正常來想那根本是同一個人物啊。

「我和金女姊姊剛才一起在做晚餐喔。哥哥大人，請坐到這邊。母親餵你吃飯。」

金天輕輕拉著我的手，讓我坐到客廳的坐墊上……金女則是將愛心形狀的燉漢堡肉、米粥與味噌湯端到矮桌上。

接著，金女媽媽跪坐到左邊，金天母親跪坐到右邊，兩人都把身體緊緊貼著我——被牛奶糖與棉花糖的妹妹氣味包夾的我，因此無路可逃了……！

「金、金天，妳到底是被這傢伙灌輸了什麼知識？」
「金女姊姊說，疲憊的男性只要被母親或媽媽好好疼愛，心靈就能得到療癒……」
「所以哥哥從現在開始就是小寶寶囉。」
「——啥、啥啊？」
「媽媽們會把哥哥的心靈好～好療癒一番喲。來，張開嘴嘴～」
脫下圍裙只剩水手服打扮的金女雖然面露笑容，但明明自稱媽媽卻感覺莫名興奮。完全不讓我使用餐具，而是自己用筷子切下一塊漢堡肉夾到我嘴邊。
因為我不能說自己才剛吃過金天做的便當，只能逼不得已將那塊肉吃掉後……
幫我把熱呼呼的料理吹涼的金天接著……
「哥哥大人，也要吃馬鈴薯喔……」
把手掌放到我下巴下面，並且用湯匙將配菜也送到我嘴邊。
她雖然對這場奇怪的扮家家酒感到害羞臉紅，但總覺得她的母性似乎漸漸覺醒，變得入戲起來了。畢竟女性其實從小就具有母性，喜歡照顧小寶寶什麼的。
「不，我自己會吃啦……」
我雖然這樣表示，但筷子和叉子都早已被妹妹媽媽們奪走了。而且左右手臂也被大概是有事先講好的金女與金天夾著，要是我為了逃跑而亂動就會有觸碰到妹妹媽媽們的奶奶的危險。除了乖乖讓她們餵飯飯之外，我沒有其他選擇了。
「茶也要喝喲……來，吸吸喔？」

就連金天幫我倒的麥茶我也不能用自己的手拿杯子——必須要讓她用吸管餵我喝才行。這到底在搞什麼……？而且明明我只是吃個飯而已……

「哥哥吃飯好棒棒喲～好乖好乖，這樣就會長大大喲～」

「好乖，好乖。哥哥大人好棒棒呢。」

兩個妹妹就趴到我左右雙肩上，用她們的四隻小手又是摸我的頭又是摸我的臉頰。到現在金天也已經徹底入戲，像個母親一樣在誇獎我。而且因為她單腳跪起來的關係，總覺得我好像有微微瞄到金天母親今天在裙子底下穿了一整天的某種白色物體。

不禁心臟一跳的我趕緊把視線避開到金女媽媽的方向——但金女媽媽也用她美人臉蛋說著「還要不要吃飯飯？」並試圖要親我臉頰……讓我終於到了極限。

「——嗚啊啊啊啊！」

小寶寶早早便進入了反抗期，靠翻桌絕技開拓前方的活路。即使因為腳腳被金女媽媽抓到而當場往前跌了一跤，還是拚命用爬行姿勢逃進浴室了。

選錯逃跑的地方了。我雖然在浴室抓起香皂施展高速洗體術——但是卻趕不上！為什麼媽媽們收拾餐具收得那麼快啦！都已經到浴室門前了！

「吃完飯飯之後，幫你洗澡澡喲～」

「哥哥大人，就讓金天好好療癒你吧……」

「不不不、不用！我會自己洗！我已經是可以獨立的男人了！」

我隔著霧玻璃看到那兩人在門外脫到全裸，當場焦急到了極點。不過接著進到浴室的妹妹們——勉強有穿上泳衣。兩人都穿著之前的白色超小型比基尼。大概是從金天口中問出泳衣在哪裡買的金女，身上那三處與金天站在一起就顯得特別有女人味的重點部位都只有用一邊僅幾公分的白色超小三角布遮起來而已。

「金天母親負責右半邊，我負責左半邊。全身整齊分成兩邊，每個角落都幫哥哥洗乾淨喲。」

在狹窄的浴室內走動的金女，胸部有如布丁般微微上下晃動。只有遮住頂點部分的迷你布會不會因為那個震動而移位？或是她現在為了擠沐浴乳而蹲下的動作會不會讓下面那塊布移位——要是在兩個妹妹面前近距離爆發就完蛋的我，只能用毛巾遮著下半身忐忑難安。

「那麼，哥哥大人請坐到椅子上喔。」

金天把只有細繩而看起來幾乎等於全裸的背部與屁股轉向我，跟在金女之後把沐浴乳擠到手上。不管往哪邊看的畫面都好誇張啊。

「妳們至少給我用海綿，不要直接用手——不、不對，不是那樣！我剛才已經自己洗完了啦！」

我為了舀水把身上的肥皂沖掉之後逃跑，而走向浴缸——卻被單腳跪在地上的金女媽媽用手腕朝膝蓋後側一敲，結果我就「咚」一聲坐到印有藥廠標誌的浴室椅上。

「耶～！幫哥哥刷背的悖德競爭～！呀哈哈！」

「如果不把身體洗乾淨，會染上疾病的喔。嘿咻。嘿咻。」

噫！妹妹媽媽們一左一右開始用手摸著我的手臂和胸口，開始洗起來了……！

有如一群白魚般的二十根手指就像彈奏樂器似地在我全身蠢動！

「很、很癢啦！等等——喂！那那那邊不用洗啦！」

金女媽媽的手準備闖入危險區域，於是我趕緊把雙腳像虎鉗一樣用力夾起來防禦。我這邊只有用毛巾蓋起來而已，連什麼情色泳衣都沒穿啊！

「我只會洗左半邊所以沒關係啦。右半邊金天母親會幫你洗洗喔。」

「什麼叫沒關係啦！把妳的手、拿、拿開……！金、金天也是、給我住手！」

「金天也想要治癒哥哥大人的疲勞呀。請放輕鬆，全部交給我們。哥哥大人很努力的事情，金天全部都知道。所以……請讓我療癒你吧……？」

金天也跟隨金女，像在競爭似地加油起來。

「治癒不了啦！治癒不了啦！這種對我來說反而是壓力啦……！」

話說，不妙！妹妹媽媽們的泳衣——因為和我纏來扭去的緣故，發生之前的「泡沫提供水分」機制而開始透色了！而且這次還不只是這樣。我剛才擔心的迷你布位移現象也在多處同時發生，在左右眼前推估C與AA的胸部以及左右腳單腳跪地與小女孩蹲的雙腳深處——合計六處地方呈現嚇人畫面——！

「金……金女！妳不要教金天奇怪的事情啊！」

明明自己也買情色泳衣給金天卻擱到一邊不提的我，指責起金女不要給金天帶來

壞影響，試圖藉此收拾局面。可是——金女卻「嘖嘖嘖」地把沾溼的手指在她的美少女臉蛋前左右擺動……

「就因為對象是金天才好呀。哥哥你在對待女性方面還很幼稚對吧？所以年幼的女孩子才正適合給哥哥當練習與女性相處的對象。就是要透過這樣讓哥哥在身為一個男性方面獲得成長，漸漸變得能夠適應我呀。這很合理吧？」

原來如此，給我來這招啊……！我才想說金女怎麼對金天一點都沒有表現出攻擊性，原來她並不是把金天視為爭奪妹妹地位的「自己以外的存在」，而是用比較像「另一個自己」的感覺在對待金天。在這點上——或許也是金女透過血脈感受到金天是自己家人的證據吧。

與全身九成以上光溜溜的妹妹媽媽們一起洗澡……從這樣不合理的狀況中，我靠著王車易位的應用招式總算逃脫生還了。首先利用沐浴乳的溼滑性坐在浴室椅上陀螺轉，讓金女與金天變成互相幫對方洗身體的姿勢之後再施展壕蜥蜴。無聲無息鑽過浴缸洗掉身上的泡沫，然後從天花板爬到浴室門邊逃脫出去。

緊接著我立刻換上睡衣鑽進被窩，施展遠山家的「擬奇屍」——在戰場中假裝成倒地的屍體，對通過身邊的敵人發動奇襲的狡猾招式——將呼吸抑制在最低限度，壓抑活體反應，隱藏自己的存在感。但是因為這個家只有一張床，所以很快就被發現了。

「——呼啊！」

妹妹媽媽們一起把我身上的被子掀開，於是我只好乖乖起身，讓呼吸和心跳恢復原狀。

這兩個妹妹雖然一開始還被用力喘氣的我嚇得呆住，不過……

「好啦，那麼接下來就是睡前喝奶奶的時間囉～來吸吸喲。」

金女很快就發揮出她的痴妹本性，用人魚坐的姿勢坐到床上——準備把自己上半身的睡衣給掀起來，害得這次換成我當場嚇呆了。接著我便與企圖在金天面前上演超高難度遊戲的金女展開了一場睡衣拔河。

「剛才……我已經吃過飯飯了吧！這樣會營養過剩……妳是打算……把我餵成肥胖兒童嗎！」

「哥哥，讓自己回到小寶寶時代，好好宣洩壓力吧……！」

金女和我就這樣以通常男女應該反過來的立場拉扯著衣服。

「哥哥大人……金天、雖然很害羞……不過金女姊姊說，這樣可以讓哥哥大人在補習班疲憊的心靈獲得治癒，所以……請、請不用客氣……」

居然連金天也準備脫衣服了！話說，妳那邊根本還不會有什麼奶奶吧！

我趕緊用雙腳像螃蟹鉗子一樣夾住金天母親的身體，拚命拒絕吸奶。與積極靠近的金女&扭扭捏捏接近的金天在床上二對一糾纏應對……三十分鐘後……血脈相連的家族間理當只有母親與孩子間才可以做的行為總算獲得免除了。

無論在外面還是在家裡都吃盡苦頭的我，把巨大 Leopon 布偶當成枕頭三個人一起躺在床上……總算等到左右兩邊傳來金女和金天熟睡的吐息聲後……睜開七成左右進入爆發的眼睛逃出被窩，從書包中拿出松丘館的功課。

（我的升學考可是攸關自己的性命，所以就算把爆發模式用在念書上……）

應該也沒關係吧。我這麼想著，拿起鉛筆。可是──

……打消念頭了。

就算這是我與生俱來的能力，但我總覺得這樣好像很不公平。

雖然我已經靠猾經學會了英文，但那是為了在與麗莎的逃亡生活中活下去，有正當的動機。這學力是源自我的來歷，就跟回國子女是一樣的意思。因此我對於自己會英文的事情並不會感到愧疚。

然而……只是為了在考試中獲得好成績而利用爆發模式……只要不管三七二十一或許就能辦到，但我大概是在奇怪的部分太過正經……沒辦法做出這種事情。

（受不了，我這個性真的很容易吃虧啊。）

這也沒辦法。在考慮得失利弊之前，我首先就無法違背自己的心啊。

我看還是等爆發解除之後，再靠自己的力量念書吧。

──到松丘館上課已經是第三次。

這間血汗補習班造成的壓力讓原本有二十名學生的五班，在第二次上課時就減到十人，到這次更是只剩下六人了。

存活下來的學生──首先是宅男的敕使川原。他在上課時間中只要稍有一點空檔就會畫美少女插圖，似乎藉此當成自己的心靈支柱。

另外就是藤木林。這傢伙大概是對於能夠和異常尊敬的我見面這件事很高興，所以還會來上課的樣子。

再來就是雖然種類不同，但已經在武偵高中習慣斯巴達式教育的我。男生中剩下的就是這三人。

而女生則是教人意外地，黑色三連星還在努力。她們三人之所以難以分辨其實不只是因為打扮的關係，也因為她們是三胞胎，姊妹之間能夠互相扶持。我猜她們功課應該也是分工完成的吧。

我雖然要報考的是文科，不過也有高認和中心考試，因此化學課也相當努力。可是──

「呃……Hydrogen（氫）、Helium（氦）、Lithium（鋰）、be、be、berorin-ga……」

「不──對──！不對吧！為什麼光是第四個就念不出來了（註4）！」

對於能夠硬撐下來的男生，補習班似乎也解禁體罰的樣子，於是茶常老師用教鞭

註4　第四個元素「鈹」應為Beryllium。「Beroringa（ベロリンガ）」是精靈寶可夢的精靈「大舌頭」。

抽打了我一番。

「——下一個，藤木林！敘述水銀的特性！」

「水營？那是啥的啦？」

「這個廢物——！勅使川原！代替他回答！」

「水銀……在常溫下唯一呈現液體的金屬。英文為mercury，化學符號是……H？」

「那是氫呀這個白痴——！」

茶常老師對藤木林與勅使川原也同樣施予體罰，但身為不良少年的藤木林跟我一樣早就習慣暴力了。而勅使川原則是被虐待狂的美女教師用穿著黑絲襪的腳又踹又踩卻不知道為什麼好像很開心，甚至感覺他似乎是故意答錯的樣子。這兩人都很強嘛。

就這樣，像集團搞笑劇的化學課時間總算結束，來到短暫的休息時間——

因為茶常老師的大人化妝品殘香再加上有三名黑辣妹，讓我很不想待在教室中，於是我走出松丘館的大樓呼吸外面的空氣。

（真希望金天不要成為什麼辣妹或大人……可以永遠都是個小孩子啊……）

我回想起雖然最近漸漸被金女感染也依然純潔可愛的金天，治癒自己的心靈——然後回到大樓中，通過茶水間門前……

「受不了！為什麼要我負責那種垃圾廢物的班級嘛……」

「哎呀別這樣，加油吧，茶常老師。這裡薪水很好，而且只要有一個學生考上東大就能領一百萬的額外獎金呀。」

哦，是茶常老師和別的女老師在聊天。

「妳是負責一班當然好呀，五班一個人都考不上啦，可是那六隻小鬼卻死都不離開。」

「六個人呀～就算留到最後，到考前模擬考才淘汰掉也是白費力氣呢～」

我雖然沒有竊聽的意思，不過……哦～原來老師們只要讓一名學生考上就能多領一百萬元的獎金啊。怪不得用打的也要打出成績來。

另外，所謂「考前模擬考」是在松丘館的補習章程中也有記載的考試——是為了只讓學力足夠考上東大的學生留下來，把其他學生都淘汰掉的機制。這間補習班就是靠這種手法，讓及格率一〇〇%的紀錄維持下去的。

（到時候我如果考上，能不能至少也給我五萬元左右的分紅啊……？）

就在內心打著這種如意算盤的我回到教室門前時，剛好遇到黑色三連星為了去洗手間而排成噴射風暴攻擊隊形走出教室。

「幹麼啦，陰沉男。滾開別擋路。」

「啊，是……」

順道一提，我因為在這裡也很露骨地和女生保持距離，結果讓女生們都覺得噁心，給我取了個「陰沉男」的綽號。受到討厭的程度甚至讓人有種安定感呢。

不過只要進入三名男生的舒服教室——等著我的就是無業男子、宅男與不良少年之間超越身分的美好友情。

「敕使川原，我負責的部分借你。」

「我這個檔案也給遠山。」

「好，那我這個給藤木林。」

這是我們第二次來補習的時候就開始的「講義交換會」。松丘館除了回家功課之外，也會發給學生大量的學習講義。因此我們決定分工負責用螢光筆在講義上標記重點部分，然後輪流交換以提升讀書效率。

「遠山……那份檔案中……夾有我們當成謝禮的特別書……」

「畢竟上次金次哥在休息時間教過我們英文啊。對吧，敕使川原。」

「……嗯……二次由我負責，三次由藤木林負責……」

因為敕使川原講話很小聲，讓我聽得不是很懂——不過他的意思大概是在講二次方程式跟三次方程式的書吧？確實，這疊講義中還夾了兩本薄薄的書。

我就心懷感激帶回家吧。啊啊，男人的友情真是太棒了。

晚上回家後——我為了好好讀書，而決定到便利商店買提神劑「眠眠打破」。雖然根據金天說，從上次之後她就完全沒有感受到ZII的氣息，不過……今晚因為GIII一黨都有事要忙，所以只有我和金天兩人。過度保護的哥哥大人實在不放心讓年幼的妹妹一個人留在家，於是我帶著她一起出門買東西，然後也買了棉花糖給她。

「要解除妳的活命限制，只要是棉花糖什麼都可以嗎？」

「是的。哥哥大人，下次我們再一起來便利商店吧。」

即使沒什麼會走散的岔路，我還是與金天手牽著手回到公寓後……哦？

在夜晚的公共走廊上，住隔壁再隔壁的——那個可疑的靈媒師女人剛好要出門了。

她還是老樣子，一頭長髮蓬鬆散亂，穿著長長的連身裙。

「……嗯……？嗚呵呵……有三個人呢……」

就在神祕女即將與我們擦肩而過之前……她忽然歪頭讓細石項鍊發出「沙沙」的聲音，並小聲如此呢喃。

三個人……？

「妳該不會是嗑了什麼藥吧？我們只有兩個人啊。」

我即使轉回頭也沒看到什麼人，不禁感到毛骨悚然——於是口氣尖銳地如此說道後……

「就是三個人～喲。」

那女人卻睜大眼睛這麼堅持，但是很快又「呵呵呵」地搖著胸部笑了起來。超恐怖的！

「——縮回去了呢～原來如此。一開始以為我只是個詐欺師，認為我看不出來，所以才沒躲起來呢。真是可愛。」

她接著又自言自語穿過我們身邊，消失在電梯等候處的轉角後。

「剛……剛才那個人到底是怎麼回事嘛……」

就連金天也不禁感到害怕，抓住我的袖子了。

「哎呀，這世上也是有那種人啦。而且搞不好是金女披著光曲折迷彩布在偷偷跟蹤我們之類的。」

我如此開開玩笑，並帶著金天進入家門……並確實上鎖關好。

接著為了重振精神而把眠眠打破一口氣灌完，並拍拍自己的兩邊臉頰。

「好啦，念書念書……」

在廚房丟掉空罐後，就在我準備去拿放在客廳的書包時——

我發現大概原本是打算幫我拿書包過來的金天，手上拿著剛才勅使川原他們借給我的講義，並背對著我在矮桌邊讀著那些東西。

「難度很高對吧？我最近也已經學會這些東西囉。」

透過填鴨式教育總算可以看得懂中學生問題的我，一邊自誇一邊走向金天。

但是，總覺得……金天的樣子好像怪怪的？從背後也能看出她臉變得很紅。

「哥、哥哥大人……好色……」

把頭轉回來的金天居然淚眼汪汪地在發抖。呃、到底怎麼回事？她用小小的手攤開來的——是一本薄薄的書。啊，是勅使川原幫我夾在講義中的特別書。

但是我原本以為應該是二次方程式的書……等等，根本是漫畫嘛……

「——……！」

我從金天手中把書拿過來一看，頓時被嚇傻了。這、這個、不是未滿十八歲不可以看的那種漫畫嗎……！而且畫的還是像金天那樣惹人憐愛的年幼女孩！

當場腳軟的我就像個沒坐到椅子的人般一屁股跌在地上。勅使川原，看你長得那麼文靜，沒想到居然是個這麼恐怖的人物啊！原來如此，這的確是很特別的書籍！

「不、不、不對！這不是我的——」

「沒、沒關係，畢竟哥哥大人也是、健康的男性。這、這、這是很自然的事情。」

金天臉上……嗚哇……竟然竭盡所能地擠出笑容，表現出就連這樣的哥哥大人也能原諒、包容一切的態度。即使全身顫抖，背後也綻放出有如菩薩般的光芒。

我趕緊把這本難度超高的薄本塞回講義堆中，卻因此把另一本藤木林夾在裡面的書——光是封面就羞恥到教人不敢直視的寫真集給推了出來。原來所謂的二次和三次，是指二次元和三次元啊！我撤銷前言！男人的友情一點都不美好啦！

3彈　飽和攻擊

今天是七月二十五日。根據金天的美國身分證件，是她十一歲的生日。

不同於如果不祝賀就可能危及自身性命的亞莉亞等人的生日，金天的生日我是純粹發自內心想要為她祝賀。因此我一大早就到住家附近買了塊蛋糕冰在自家冰箱——也買了十一根小小的蠟燭。

不知道金天會露出怎樣開心的表情呢？明明我是祝賀的一方，卻莫名感到期待起來了。

而且很慶幸的是，今天我在松丘館只有國文和世界史要上，因此中午過後我就從茶常的鞭打教室獲得解放……

走出補習班一看……咦……？怎麼黑色三連星和其他班級的女孩子們都聚在路上「好可愛喲～」「是哪家的小孩呀？」「好小喔～」地興奮吵鬧著。

我因此不禁皺起了眉頭。可是……

「我、我叫遠山金天。因為我哥哥大人、忘了帶便當過來……」

緊接著傳來的這聲音，讓我不得不慌張地撥開那群女生鑽入其中。

「……金天……！」

「啊！哥哥大人！」

被一群女高中生包圍的金天雖然表現得畏畏縮縮，不過一見到我便綻放出開心的笑臉。

「不、不要那樣叫我……！話說妳過來途中有沒有迷路？」

就算台場和田町距離很近，金天自己一個人跑來還是讓我感到驚訝——忍不住急忙確認她有沒有扭傷腳什麼的。雖然因為她身上穿的是武偵學校的水手服，會讓人以為她身上有帶槍，所以應該沒有被什麼變態跟蹤就是了。

「哥哥……？」「她是不是說了『哥哥』？」「陰沉男的妹妹怎麼可能這麼可愛。」「搞不清楚狀況了啦。」「可是，她剛剛確實說了『哥哥』。」「是妹妹嗎？」

這群該死的女生，居然跟以前金女的時候幾乎一字不差地間接說我壞話。我的妹妹長得可愛有什麼不對？搞不好就是因為噁心的哥哥有個可愛的妹妹，這世界才能保持平衡的啊。

「抱、抱歉，金天。這麼說來昨天匆匆忙忙的忘記告訴妳了，我今天的課程比較早結束啊。妳帶來的便當我就回家再吃吧。」

「原來是這樣呀。我才應該先跟哥哥大人確認的，真是對不起。」

露出天使般的笑臉「嘿嘿」地表現羞澀的金天——這時忽然眨了幾下眼睛。

——接著臉上的表情僵硬起來，原本看著我的雙眼也忽然變得像是望著遠方。

（……？）

那種像是在發呆的眼神……我之前也看過。就跟她感測到ZII的時候一樣——

「哥哥大人，請快點讓這些人進到屋子內——」

金天雖然晃動兩邊綁高的小馬尾想要環顧左右，但因為周圍都是身高比她高的女高中生，似乎讓她沒辦法看清楚周圍狀況的樣子。

我們第一時間的行動因此延遲……不妙，我也因為把注意力放在金天身上而沒發現到，這條巷子的左右出入口已經被兩臺銀灰色的悍馬——四四方方的軍用車輛堵住了。

當我發現這點後，從車上陸陸續續走出身穿都市迷彩服與黑色軍靴的男男女女。有白人、有黑人——一看就知道是美國兵，總共十二人。雖然身上的武裝看起來只有收在槍套中的手槍，但是車上肯定還有配備狙擊槍或步槍的士兵在待命。

「咦？什麼？很恐怖耶。」「喂、喂喂，是恐怖攻擊嗎？」「快逃吧！」

就在松丘館的學生們也總算察覺事態異常的時候，美國兵已經很有效率地包圍了在場所有人。不過對於逃跑的女生們卻像是推到圈外似地讓她們穿過包圍網——

「對不起……一定是……因為我不帶護衛就離開台場，所以被跟蹤了。這些人是高尾基地的駐日美軍。」

最後只有如此說明的金天以及我，被包圍起來。

看來美軍——是因為知道我面對藍幫之類的對手時苦戰過的經歷，所以認為要對付『𠰻』的時候與其派出超人，不如利用組織性的攻擊方式會比較有效的樣子。哎呀，這也沒錯啦。

而剛才那群女生逃到就在旁邊的補習班後，居然還留在入口附近看著我們這邊。

（那些傢伙，難道連手槍的射程距離都不知道嗎……在那裡很危險啊……！）

不——那種事情，她們不知道也好。比起那種知識，還不如背一背水銀的化學符號。

這裡就是這樣的國家，而且今後也應該這樣維持下去。

「……我雖然不想在這種地方拔槍，但也要看你們的表現了。」

我拿下今天也戴在臉上的黑框眼鏡，用英文威脅那群美國兵們。

遠山鐵的孫子，遠山金叉的兒子，GⅢ的哥哥——𠰻（Enable）。

再加上第二世代的人工天才，人間兵器的GV。

美國兵們似乎都知道我們這兩人是怎麼樣的存在，因此雖然圍出環狀的人牆——但每個人都很緊張，而且也微微在發抖。

「我和妹妹現在正要回家。如果路上有石頭擋路，我不惜踹開也會往前走。聽到了嗎！」

我抬頭瞪向眼前身材最魁梧的白人，用英文如此大吼之後……美國兵額頭上頓時冒出汗水，露出一臉彷彿自己五秒之後就會被殺的表情呢。究竟美軍平常是怎麼形容我的事情啦。

在補習班門邊見識到我本性的女生們似乎都被嚇傻了，不過那種事情根本不重要。現在不是管那種事的時候——畢竟實際上五秒就會被殺掉的人搞不好是我啊。現在的我是面對七名半流氓也會受傷的普通狀態，就算要使用幻夢爆發也沒時間集中精神。

對手是軍隊，是殺人的職業專家，而且有十二個人。背負武偵法第九條這道枷鎖的我根本沒有勝算。但如果我試圖推開這群傢伙逃跑，就會被看出現在的我只是個普通男人。即使有金天助陣，我也不知道她的那個念力是否強大到足以擊倒美國兵。

「停在那邊的悍馬也立刻給我移開，不要在這種地方引發騷動造成居民們的困擾。」

我拉著金天的手，內心忐忑不安地持續威脅對方，並走出美國兵的人牆後……

「那要看你的表現了，Enable。」

——用紅色緞帶綁成黑髮雙馬尾的ZII從前方的軍用車上走了出來。

黑色西裝外套配百褶裙，白色膝上襪加上手套。她今天也是遮住了臉部以外幾乎全身的肌膚。雖然那應該是很快就能脫掉的衣服，但炎炎夏日還穿成那樣真是辛苦她啦。

「說來慚愧，美軍在世界各地都經常會給當地居民造成困擾。因為惹的禍太多，所以各國美軍基地——都有部署在本國犯下重罪的犯罪者透過司法交易成為的軍人。為了要是美軍對當地居民『造成困擾』……比如說，不小心開槍誤射了兩、三名就讀那間補習班的姑娘們時，可以拿來當成代罪羔羊。」

可惡……這是威脅我如果不合作，就會對補習班的女生們開槍的意思嗎……太奸詐了吧，喂……

「別露出一臉好像我們很奸詐的表情。這可是參考日本的黑道——代替大哥接受徒刑的替死鬼制度所想出來的手法呀。」

ZⅡ自信滿滿地挺起她圓滾滾的胸部，張開雙腳站在我們眼前。

「話雖如此，我也不想隨便浪費替死鬼。我只是想要針對今後雙方的關係稍微會談一下而已。V大人也——請與我們同行吧。」

「哥哥大人……事情會變成這樣……都是我的錯……」

「妳有我跟著。沒辦法，現在就聽她的話吧。」

我方光是在戰力上就處於劣勢，而且補習班的人還被當成人質的狀況下……我只能跟著金天一起在美國兵包圍下坐進悍馬車。該死！接下來到底會怎麼樣啊？

多用途運輸車——悍馬（Humvee）是一種像裝甲車一樣的車輛，因此即使車內空間寬敞而且有開冷氣，還是讓人不禁有種很悶的感覺。

我和金天與表情緊張的美國士兵們面對面坐在堅硬的座椅上，除了透過防彈玻璃觀看窗外風景以外根本無事可做。ZⅡ則是坐在副駕駛座，不知在和誰通電話。

我這時把手放進口袋，結果坐在我對面的年輕黑人士兵就立刻朝我瞧過來。不過——

「我不會拔什麼槍啦，是口香糖。你們美國兵也是有事沒事就會嚼口香糖對吧？這次難得可以坐這種車子兜風，我只是想假裝自己也是軍人，感受一下氣氛而已啦。」

我用一臉友善的表情亮出手中的口香糖，對方就「請、請便」地伸直背脊做出許可了。

於是我在低著頭從口袋拿出棉花糖吃的金天旁邊，一起嚼著口香糖——並且根據窗外風景推測現在這輛車的位置。

（經由中央自動車道往西行進……應該是準備開往金天說過的高尾基地吧。）

在日本的美軍專用、共用、可暫用設施大約有一百三十處，而我記得高尾基地是面積五萬平方公尺——約七個足球場大小，歸類在最小類型中的小規模據點。位置在東京西半部的深山中，駐留人數也很少，因此我本來還想說到底是什麼可疑的傢伙駐軍在那裡……但如果那裡是ZⅡ這群人的據點，我倒莫名可以接受呢。

悍馬通過八王子收費站後，沿國道二十號行進，最後抵達了被柵欄圍起來的駐日美軍高尾基地，穿過由鐵網與有刺鐵絲網構成的閘門……

「……我是從洛斯阿拉莫斯經由空運送到厚木基地，再移送到這座基地來的。緊接著我就偷偷躲進要前往羽田機場的貨車車廂，逃到了灣岸。」

「這次人家難得招待我們到據點來，我就好好給他參觀參觀吧。」

我和金天一邊用日文交談，一邊在美國兵的催促中下了車。

接著環顧夏日豔陽照耀下的高尾基地——四周沒有什麼高大的建築物，而且明明士兵人數很少，倉庫卻很多。另外還有直升機起降場……不對，是垂直起降機場啊。於是我用眼睛找了一下附近，就看到鐵捲門拉開的機庫中——只停了一臺很稀奇的無人戰鬥機。

那是以獵鷹II式為基礎改造成的獵鷹UAV，是即使沒有跑道也能透過變換引擎推力方向進行起降的無人垂直起降機。因為使用了很多日本製的零件，所以我在雜誌上也有看過介紹。而這一臺似乎是測試機，武裝只有機身左下的外裝式25mm平衡者機砲。

從這臺無人機的存在我就知道了……高尾基地看來是跟日本有關係的尖端科學兵器專用基地。並不是像厚木基地那樣的實戰用基地，而是像研究所一樣的設施。

雖然並沒有像最新式戰車排成一列之類的狀況，不過在這裡的「會談」——還是要盡可能和平收場比較好啊。如果不想戰鬥，又不想把金天交出去……光靠我一個人太難了。因此……我望向剛才我們通過的閘門，看到它又再度打開。

（幾乎同時抵達啊。畢竟這臺悍馬一路上都安全駕駛，開得很慢嘛。）

接著便看到一臺關上硬式敞篷的黑色瑪莎拉蒂GranCabrio——連一聲喇叭也沒按，卻完全沒有引起混亂就進入了基地。甚至還有美國兵仔細引導那輛車開往停車場，可見對方在這座基地也有『同伴』呢。

「啊……！九九藻小姐、LOO、GIII……」

金天見到從瑪莎拉蒂中走出來的成員，難掩驚訝。

「還有那個髮型像蘑菇的傢伙名字叫馬許，是GⅢ的部下。」

他們是我利用以前GⅢ說過『如果追捕者又來了，或是萬一你被金天襲擊的時候就按下它。』的口香糖型發信器叫來的——雖然跟原本預想到的狀況不太一樣就是了。

因為是不在預定中的來訪，於是有個美國兵上前準備詢問他們的目的。可是——

「Ten Hut（立正站好）！」

——GⅢ大喝一聲讓對方停下腳步，自己則是大搖大擺地朝我們走過來。

畢竟我以前在空地島看過LOO的階級章是上校（註5），這些傢伙本來就在美軍中很吃得開啊。叫他們來果然是對的。

「嘿，老哥，抱歉啦。現在馬上可以過來的只有這四人而已。」

GⅢ伸手比向九九藻他們並如此說道後……我本來很好奇從悍馬下車的ZⅡ見到他們會變得多失控，卻沒想到——

「哼，GⅢ嗎，還有RⅢ。這些失敗作。不過既然來了也沒辦法，我就特別允許你們列席和V大人的會談吧。」

她雖然吊起細長的眉毛，不太開心地把手交抱在胸前，但並沒有表現得很驚訝。看來她在某種程度上早已預料到GⅢ他們會來了。

現在在我眼前，有ZⅡ、金天、GⅢ與馬許（RⅢ）——四名人工天才齊聚一

註5　中文版第八集中將軍階「大佐」誤譯為「上尉」，本集校正做「上校」。

堂……

「喲喲，這傢伙就是ZII啊。穿成那樣都不會熱喔？」

「我聽到囉，ZII。妳剛才說我是失敗作對吧？在我入侵的資料庫中，被寫得像個失敗作的反而應該是妳啊。」

對女性沒禮貌的程度可以跟我並列金氏世界紀錄的GIII，以及知道自己反正沒有異性緣而對美少女特別嚴厲的馬許，這兩人跟ZII才初次見面就釋放出殺人等級的威嚇態度。九九藻也一副只要是GIII的敵人就是自己敵人似地抬起下巴，露出『啊啊？妳這渾蛋混哪裡的？』的表情。雙手張開開擺在左右腰邊的LOO，也把上半身微微向左傾，從下方對ZII施加無言的壓力。我家老弟交到的朋友各個都是流氓啊！

「不對，我是試製品中的成功案例。人間兵器系列是透過大量的失敗案例——GIII、RIII你們也是其中的例子——藉由這些犧牲漸漸提升完成度的。」

看到這群人一見面就態度這麼差而不禁慌張起來的金天……其他的人工天才大概每個自尊心都很高吧，就連ZII也露出銳利的眼神挺起胸膛。

「哈哈！馬許，她說咱們是失敗案例哩。」

「關於這點我就不堅決否定了。畢竟你的確在腦袋方面是失敗作。」

「說得對，像你的臉也是失敗作嘛。」

GIII和馬許額頭冒著青筋，用笑臉互相瞪著對方……這兩人到底是感情好還是不好啊？難道是美式笑話嗎？拜託你們不要起內訌喔？看、看吧，連ZII都露出一臉

「這兩個傢伙應該放著不管也會自滅吧？」的表情啦。

「大、大家就別站在這裡講話了。既然難得帶我們過來，就招待我們到會客室吧。要怎麼回答妳先姑且不說，但我至少會跟妳談一談啦。」

啊～受不了。戰戰兢兢拉著ＺⅡ那件易脫外套的下襬、身為天然凡人的我……不知道為什麼變成像是這場會談的司儀了。本來我是一點都不想來的說。

在獵鷹ＵＡＶ機庫的對面，是看起來像好幾棟大型組合屋連接在一起的本營——而我們就在ＺⅡ的帶路下，進入其中。

本營中地板與牆壁的灰色塗漆看起來很新。大概是為了隨時能夠改建以配合測試兵器搬進搬出的緣故，屋內鮮少裝飾，給人像是臨時住屋的印象。牆上也都沒有窗戶。

因為我和金天都離開了當成據點的學園島，因為金天身邊沒有護衛，因為松丘館是個容易找到人質的地點……ＺⅡ會挑在這個時間點做出行動的直接理由大概就是這些吧。不過她既然沒有派遣使者而是親自出面與我們會談，就有萬一談判決裂時直接引發戰鬥的風險。

不惜冒這樣的危險也要在這時候與我們對談——代表ＺⅡ或許因為某種理由被逼急了。既然如此，我在會談中就應該表現得較強勢，搞不好可以在對金天的處置上逼出什麼好條件。

於是我進入ＺⅡ帶我們來到的作戰會議室——講說是會議室，其實也只是沒什麼東西的大房間而已——之後，便坐到排成口字型的細長會議桌邊，擺出高傲的態度。

「ZⅡ，這孩子已經不是GV，而是遠山金天。妳應該是希望我把她交出來，但我完全沒有那樣的意思。金天的狀況就像是逃亡到日本投靠我一樣。我甚至可以到入境管理局去辦理正式手續。我雖然貧窮，但也沒有窮到養不起一個女孩子。」

我讓金天坐到自己旁邊，並如此明白表示後……

「來交涉吧，貧窮的Enable。你想要多少錢？」

坐到對面座位的ZⅡ把手肘撐在桌上，對我這樣詢問。雖然口氣上高壓無禮，但態度中還是多少可以看出她心中的焦急。

「看來妳的日文不太好的樣子。把對方帶到自己的陣地中，讓對方在寡不敵眾的狀況下對談，這不叫交涉，而是叫脅迫。如果妳想發揮你們最擅長的暴力，那麼上次北斗神拳那筆帳我就在這裡跟妳算清楚。我雖然不會南斗水鳥拳，不過遠山家也有類似的招式啊。」

因為我希望能早點知道對方有沒有靠蠻力跟我硬來的打算——於是在這方面稍微刺激了一下ZⅡ。

「——暴力，是嗎？說得也是。首先靠對話，再來是施壓，最後透過武力強迫對方聽話。這是警察遵循法律與秩序逮捕不法之徒時的世界共通步驟。Enable——我想你也知道，美國是世界警察，而你現在是以綁架V大人的無法之徒身分在與警察對話，給我注意你的言行。」

看來ZII是——抱著「如果要打就跟你打」的覺悟。明明現在不只有我，還有GIII那些人，她要是沒處理好搞不好會丟掉性命的說。

不過……金天雖然在攻擊與治療的超能力上多多少少有點能力，但完全沒有像氫彈那種決戰兵器的感覺。為什麼ZII不惜賭上自己性命也要把她搶回去？

我想現在就按照以前在偵探科學過的手法，稍微再刺激一下對方，等她激動說溜嘴吧。

「你不要以為GIII他們在這裡我就不會講老美的壞話。美國雖說是世界警察，也是只會處理賺錢事件的世界腐敗警察啦。」

「明明你自己也是只會處理賺錢事件的武偵……」

雖然九九藻從一旁對我正確無比地吐槽，但我裝作沒聽到了。

「Enable，聽好。你的指責的確讓人難以反駁，但V大人並不是負責那種層次任務的存在。要是V大人繼續這樣不回軍中，美國將難以撐過國難——不，整個世界都將難以撐過星難。把她還給我們吧。」

ZII微微垂下尖銳的眼角，這次換成懇求似的語氣對我說話。

「關於你綁架V大人的事情，我還隱瞞著本國。這有一半是為了隱瞞我自身的失策，但也有一半是為了同一間研究所長大的V大人著想。要是這件事情曝光，洛斯阿拉莫斯想必會派遣人工天才的實戰部隊過來。Enable、GIII，你們將會被殺，V大人搞不好也會被視作故障而遭到抹消。而現在……洛斯阿拉莫斯已經隱約察覺這邊的異常

赤松中學
緋彈的亞莉亞
Aria the Scarlet Ammo
那由多的彈奏
XXVII
27
© Chugaku Akamatsu 2018
Illustration : kobuichi
KADOKAWA CORPORATION
尖端出版
www.spp.com.tw

狀況，再三要求我提出報告。最終期限是今天晚上。我已經沒辦法再把V大人不在的事情隱瞞下去了……！」

ZⅡ說的這些話……應該不是在騙人。

從洛斯阿拉莫斯脫離的人工天才絕對無法過得高枕無憂。GⅢ是因為其卓越的武力與正義心腸對整個世界的和平，也就是間接對美國本身的和平有益，所以洛斯阿拉莫斯才會對他放任不管。而金女和馬許則因為是GⅢ的部下才順便默認的而已。

然而金天——聽起來似乎對他們來說是不惜殺掉GⅢ也有奪回意義的重要人工天才……為什麼？

「**不是負責那種層次任務的存在**，這句話是什麼意思？人間兵器的任務不就是攻擊其他國家嗎？另外頂多就是到CIA、五角大廈或白宮幫幫小忙而已啊。」

大概是跟我在同一個部分感到奇怪的GⅢ如此詢問ZⅡ。

「……我接下來要講的內容，將會包含美軍一級司令部（MAJCOM）的機密。你們聽完就要忘掉。」

感覺有點焦急的ZⅡ……不知為何看了九九藻一眼後，開始說道：

「我們這些第二世代的人工天才，是被設計為超能力者。然而超能力者的能力並不安定，要像GⅢ說的那樣成為諜報人員根本是不適任的。」

關於這點——我從過去與超能力者的交戰經驗中也能理解。

例如說，超能力者會受到像天候或氣溫一樣不斷變化的色金粒子濃度所影響，使能力有強弱變動，狀況差的時候甚至可能會自損而沒辦法使用超能力。

這樣的傢伙以兵器來講應該無法使用吧，所謂的兵器是不容許出包的。

「既然這樣，為什麼要把第二世代故意設計成超能力者？」

九九藻提出這樣一個單純的疑問後……

「因為第二世代並不是為了進行諜報行動，而是為了**次世代的戰爭**做準備而製造出來的。」

ＺⅡ壓低聲量如此說道，而金天也彷彿承認這點似地低下頭。

「……戰爭……難道妳們是『絕地（Jedi）計畫』的繼承者嗎？」

很少會表現緊張的ＧⅢ這時額頭冒出汗水……看向ＺⅡ與金天。

「絕地計畫……？那是什麼？星際大戰的絕地武士嗎？」

我這麼詢問ＧⅢ後……

「名稱的來源就是那個。那是在八〇年代——冷戰時期美軍想出的東西，簡單來講就是將超能力者拿來軍事利用的作戰計畫。當時從全美徵召了天生的超能力者，透過精神工學理論進行培育。而東側集團各國當時也在做同樣的事情，俄羅斯甚至到現在都還在超心理學學院持續進行研究。我部下的洛嘉也是那邊的畢業生。」

「……叫超能力者去轟掉航母或坦克嗎？還真的像電影情節啊。」

聽到我如此吐槽後，似乎也知道這件事的馬許立刻搖搖頭。

「『不需要足以毀滅莫斯科的力量，只要能將遠處的一立方公分塑膠體往下壓一公分就行』——這是當年絕地計畫的口號標語。你聽得懂其中的意義嗎？」

將遠處的一立方公分塑膠體、往下壓一公分……？那種力量怎麼攻擊敵國……

「…………」

我察覺真意而不禁抽了一口氣後——GⅢ對我點點頭。

「其實根本不需要能破壞大樓或車輛的力量。只要能夠透過精神感應讀取出核武的發射密碼，再透過念力操作控制臺，**按下發射按鈕**。光是這樣，敵人就會被自己的核武給毀掉。而當時那群傢伙就**能夠辦到這點**。雖然最後沒有付諸實行就是了。」

原來當年——世界差點就因為超能力士兵的力量而被核武之火燒盡了嗎？

然而到最後並沒有被實行。當然一方面也可能是因為有能夠防禦這點的超能力存在，不過最主要的原因應該是……

「……禁止條約嗎？就跟生物、化學兵器一樣。」

我嚥了一下口水，好不容易擠出這句話。

其實核武本身也是一樣，殺傷力過於強大的兵器——也就是所謂的大規模毀滅性武器，就算得到手也會變得想用又不敢用，因為會害怕敵人的報復行動。

「沒錯，在雷根與戈巴契夫的時代，美蘇之間就祕密簽訂條約，互相禁止超能力的軍事利用。因此而半凍結的絕地計畫……如今因為人工天才計畫而又死灰復燃了是嗎？畢竟日本鄰近俄羅斯、中國跟北韓——和這些核武持有國家很靠近。難道你們是如今才想破棄條約，對其中哪個國家展開行動嗎？」

GⅢ露出懷疑的眼神後……

「不是那樣。雖然我絕對無法再透露更多情報，但總之我們並不是在為核武戰爭做準備。」

ZⅡ緊張地立刻否認了。我想她這句話應該也是真的。畢竟歐巴馬政權是主張推動核武削減，ZⅡ的超能力感覺也不是設計來為了按下核武按鈕。她們應該是有什麼**別的任務**才對。

「那麼第二世代到底是為了什麼設計出來的人工天才？」

聽到我這麼一問……

「關於這點，我無論如何都不能講。而且這也不是你們能夠處理的問題。現在這個世界上，正有一群野蠻而邪惡的傢伙在急速蔓延。而第二世代就是為了保護和平不受那種像病毒一樣的存在威脅的——新一代世界警察的測試人員。V大人則是其中的決戰兵器，是超越人間兵器的人間最終兵器的試製品。拜託，我都已經透露到這邊了，把V大人還給我們吧。」

ZⅡ依然說得像是金天背負有什麼重大的祕密任務。

而我看向金天……她也一臉沮喪地低頭保持沉默，感覺就像默認ZⅡ講的這些話。

雖然沒有透露詳細內容，不過看來老美——就像從前反覆進行核子實驗而完成了原子彈與氫彈一樣，現在透過反覆進行人工天才的實驗而試圖創造出強大的人間兵器。而且根據ZⅡ的講法，是為了守護世界和平。

——不過，即便如此。

我還是無法忍受自己的妹妹在傷心難過了還讓這種事情繼續下去。就算假設金天是為此被創造出來的存在也一樣。這世上才沒有什麼不惜讓小孩子傷心也必須做下去的事情。不，是絕不可以讓那種事情存在。

「——既然這樣，那種仗你們自己去打。休想為了那種連目的都不能講的戰爭而徵召我家妹妹加入軍隊。GⅢ也聽好，就算在基地內有治外法權，你也別殺人喔。有我在場的時候，你也給我好好遵守武偵法第9條。」

我做好覺悟——為了保護金天而將她抱到身邊。

「……了解。如果老哥要打，我也奉陪。」

GⅢ也「啪哩啪哩」地折響他不是義肢的手，並瞪向ZⅡ。

然而他的表情看起來很僵硬。應該是因為想不出什麼從這座美軍基地中不殺任何一個人就逃脫出去的明確手段吧。在這點上我也是一樣。如果只有我們還姑且不說，但如果還要一邊保護金天就非常困難了。

「這裡已經被全副武裝的士兵們包圍起來，也有配置狙擊手。GⅢ的車子也有大炮瞄準著。你們活著把V大人帶出去的可能性連1％都不到喔？」

ZⅡ這麼說著……不過那種程度的事情，早在我們的預料範圍之內。至少我、GⅢ和九九藻——會保護金天，團結起來一起戰鬥。雖然我搞不清楚LOO在想什麼，而馬許則是露出一臉隨時要開溜的表情就是了啦。

就這樣，當我打算豁出去，準備使用幻夢爆發的時候——

「……我究竟擁有什麼力量，是背負什麼使命的存在，我自己很清楚。ZⅡ，既然事情已經發展到這樣，只能把一切都說出來了吧？」

在我手臂中……金天把頭抬了起來。

「不、不可以呀，V大人。那不只是軍事機密，更是國家機密……除了第二世代以外，只有總統和洛斯阿拉莫斯的長官大人有權限知道。」

「只要把一切講出來，我想哥哥大人他們……也會願意把我留在這裡的。」

金天有如舉白旗投降似地如此呢喃後——

「哥哥大人，我真的很高興、能夠和哥哥大人見到面。一起享用過美味的食物，還讓我到學校去上學，這些全都是我美好的回憶。也謝謝你讓我和加奈小姐他們見到面。這真是一段我想也沒想過的幸福時光。」

抬頭望向我，露出微笑，說著這種像是告別臺詞般發言的金天……臉上的表情就好像來到我家直至今天的這段期間全部都是暫時性的、虛幻的時光一樣。

她放棄了。很自然地。那是從來沒有懷抱過任何像個人類的期望，只會遵守自己的使命——從出生以來就把這種事情視為理所當然的人會露出的悲哀眼神。

「呃、喂，金天。」

就在我因為看到那眼神而慌張起來的時候，金天離開我懷中。

接著抬頭挺胸，對會議室中的所有人——開始說明起自己的事情。

為的是讓我們不要跟這座基地的人戰鬥，為了保護我們。

「哥哥大人，GⅢ，你們應該知道色金的事情吧。」

——色金——

那是超能力的核能物質。是遠超越自然界超能力者的超超能力者的力量來源金屬。

其原石其實是UFO，有我和亞莉亞送還到宇宙的緋緋色金，在美國的瑠瑠色金，在俄羅斯的璃璃色金以及在近地軌道繞著地球運行的金色金。

「在我的胸口中，就埋有色金。」

聽到金天這句告白——

GⅢ驚訝的同時，露出「妳怎麼沒發現」的眼神看向九九藻。

但九九藻立刻有點慌張地搖搖頭。以前在五十一區能察覺色金存在的超能力者九九藻，這次竟然沒有發現嗎？為什麼？

金天大概是看出那兩人之間的互動……

「我想九九藻小姐和洛嘉小姐應該都沒發現吧。因為我體內的色金是洛斯阿拉莫斯以瑠瑠色金為基礎開發出來的——**人工色金**。」

人工……色金……！在美國居然已經開發出那種玩意了嗎？

不，這也不是不可能的事情。我們以前去偷過的瑠瑠色金，是從很早以前就存在於北美的東西。因此也不難想像美軍在絕地計畫那時期就有研究過那玩意。

「我的色金是白色，構造上與其他色金不一樣。在洛斯阿拉莫斯，它被稱為

COUNTER-Irokane——『COUNTER-I』——反色金。」

「反色金……？」

我用不自覺顫抖起來的聲音如此詢問後……

「色金是神，而那個神企圖要附身人類。反色金就是為了讓人類能夠反過來辦到種事情而開發出來的東西。為了讓人類能附身於神——為即將到來的**與眾神的戰爭**做準備。」

呃、喂……等等……

金天，妳到底在講什麼？

人類與神的戰爭，這種故事從古早時代就有流傳。然而那些都是虛構的故事，現在居然說美軍建造研究所跟基地是為了對神的軍備……兩者也太不搭了吧。

「與眾神的戰爭？難道路西法還是巴力西卜什麼的要攻過來了嗎？」

額頭滲出汗水的馬許用取笑對方似的語氣如此說道後——因為金天把這些話都講出來而變得表情懦弱的ＺII接著……

「……那樣的存在或許也會來吧……」

竟然對於魔神會進攻人類世界的這種話沒有表示否定。也太胡扯了吧。

「並非所有神明都是人類憑空創造出來的。自有史以來，一直都有神明偶發性地出現。在人類的傳說中登場的眾多神明同時也是祂們現身的紀錄。我想你們應該都知道，其中也有野蠻而邪惡的神明。然後……有預知顯示近來那樣的干涉現象將會急遽增加。神話中描述的人神大戰，現在正漸漸要成為現實了。」

雖然ＺⅡ這段話聽起來有如狂人的妄想，不過──

畢竟像緋緋神也是被稱為神明，還有那個哈比鳥……也是被記載於希臘神話的存在，在克里特島被信奉為掌管旋風的女神。玉藻和古蘭督卡也都自稱為神，猴也是被稱為神佛的一種。

從ＺⅡ的語氣聽起來，她所說的『神』應該是定義為像那類的傢伙。或許我必須先把這方面的印象做修正之後再繼續聽下去吧。

「第二世代的人工天才是為了以地球規模防衛那些神明入侵的武力。雖然我只是負責與入侵社會的神明戰鬥的一般武器──『弒神者』，不過Ｖ大人是能附身於神，決定戰局走向的決戰兵器。」

如此說明的ＺⅡ，還有金天，感覺都不是在開玩笑──

「如果拿通訊器來比喻，天然的色金只能從神明向人類單方面通話──像是專線電話的東西。不過我的人工色金則是能夠撥打電話給任何神明的心，像是交換式電話的東西。我是能夠探查出任意神明的電話號碼，撥打電話並侵占其心靈……在未來的戰爭中行使這種攻擊的超能力者的試製品。」

金天如此說明著自己負責的任務。

把色金當成像通訊器一樣使用，對神明進行駭客攻擊──聽到這樣瘋狂的作戰計畫，我反而覺得她們講的話帶有現實感了。**因為那的確是有效的手段**。

畢竟我曾經親眼目擊過與這手段相當類似的攻擊行動。

就是以前在星伽神社，亞莉亞對緋緋神行使過的『以附身還附身』。為了把被侵占的身體搶回來而附身於對方靈魂的暴力手段。而在金天的發言中其實有一部分錯誤的認知。事實上只要能滿足白雪稱為『戀與戰的超傳導』，玉藻稱為『絕對零抵抗』的特定條件——人類也是可以透過天然色金附身於神明。

將反色金埋入超能力者體內，湊齊能夠辦到附身攻擊的人間兵器……這項軍事作戰計畫應該就有效了吧。

不，但是這些話目前都只是口頭上講講，而且基於其性質上，也沒辦法看到證據。因此這些全部都是虛構內容的可能性並不是零。我甚至希望一切都是她們虛構的啊……！

「九九藻，可信性如何？如果妳知道什麼類似的知識、可疑的地方或疑問，就提出來。」

即便剛才說明過的ＺⅡ與金天就在眼前，ＧⅢ也毫不介意地進行真假確認——如此詢問身為超能力者的九九藻。

「……如果要斷定是謊言，也未免太過有條有理了。而且那戰術也不是什麼新東西。在古老的修驗道就有透過完全一樣的想法對付狐狸附身的反擊招式，稱為『管狐』。不過……我認為金天並沒有辦法任意對神明附身才對。如果要取代知性生命體的精神，就必須先**喬裝**為對手——使心靈同步。雖然脾氣相似的人可以用右腦靠直覺進行附身，但其他狀況就只能用左腦附身，而這手法必須要配合對方所謂的『思考速度』。然而被稱為『神明』等級的妖怪之中，也有思考速度是人類二十到三十倍的存在。就好像昆蟲無法像人類一樣思考、無法完全假裝為人類一樣，人類也無法完全成為神明，因為大腦的情報處理速度會趕不上對手。」

對於九九藻動著像狐狸耳朵的頭髮如此說出的見解——

同時察覺**某件事**的我和ＧⅢ都立刻瞪大眼睛。接著，金天便說道：

「……九九藻小姐，妳說得沒錯。正因為如此——我才會使用到遠山金叉的ＤＮＡ。**為了利用ＨＳＳ的思考速度對神明進行駭客攻擊**。」

情緒爆發學者症候群（Hysteria Savant Syndrome）。

那是我們遠山家代代相傳的特殊體質。以β腦內啡的分泌為契機，操控約是一般人三十倍神經傳導物質的乘能力。

雖然乍看之下爆發模式會讓男性變強，讓女性變弱。然而女性表現出弱小的一面是為了引誘男性保護自己的手段。而事實上，金女在爆發模式時也確實有魅力到教人覺得恐怖的程度。在爆發模式下能夠將魅力提升到極限的女性……只是使用方法不同而已，但其實跟男性一樣能夠使中樞神經的傳導速度提升到三十倍。

——讓超能力者發揮ＨＳＳ，以附身於高速思考的神明——

原來是這樣。這確實……是第二世代人工天才之中超能力者與乘能力者的有效戰略組合。真虧洛斯阿拉莫斯可以想到這點啊。

在目瞪口呆的我和GⅢ旁邊——到剛才都抬著頭講話的金天忽然……

「不只是這樣。我的基因上其實還有一項祕密……」

再度低下頭，變得吞吞吐吐。為了說出她不想講出來的事情——

為了說出能夠讓我們主動離開這座基地的決定性發言。

「V大人，請不要繼續講下去了……！」

對於準備講出這件事的金天，ZⅡ睜大眼睛變得慌張起來。

但金天大概是已經決定把自己的事情全都告訴我們的緣故——

「**我的母親是——**」

——她如此開口說道。

雖然如此起頭了……卻沒有再講下去。

她沉默了。低下頭，眼神彷彿失去了光彩。

「GV，妳怎麼了？」

「金、金天，如果妳不想講就不用勉強了。」

GⅢ和我如此對金天說著，但她卻什麼也不回應。像是全身凍結了一樣。

「V大人……？V大人——糟了……怎麼會？是從哪裡……！」

ZⅡ忽然從椅子上用力起身——

「……啊、啦咖、替路洛……」

聽到金天的呢喃聲，我也驚訝得站起身子。她現在講出來的，並不是她母親的名字。

這發言不是什麼單字。雖然我不清楚是什麼語言，但我靠直覺可以知道那應該是一句短文。

然後——現在的金天**不是金天**，是其他存在。

——氣息與氛圍的消失與變化。難以理解的語言。這狀況實在**太像了**。

就像以前猴跟亞莉亞被緋緋神附身的時候一樣……！

「咦……啊……」

似乎能聽懂金天在講什麼的九九藻頓時豎起狐狸耳朵，表現出驚訝的神情。

「剛才那是什麼！」

交互看向金天與九九藻的GⅢ，也不知是向誰如此詢問後……

「呃、那個、那很像是曾祖母教過我的……飯綱的古語……雖然我不知道正不正確，但聽起來好像是『講太多了』的意思——」

九九藻慌慌張張地翻譯出金天剛才那句話。

「ZⅡ！這是怎麼回事？我雖然對超能力不太懂，但是在我眼中看起來，金天——GⅤ像是被什麼傢伙附身了啊！GⅤ不是應該是附身別人的那一邊嗎？」

以前也見過蕾姬被瑠瑠神附身的GⅢ察覺出事態異常，跟著慌張起來。

「……拉噜斯嘰嘰、拉噜斯羅哈，伊撒羅羅涅、伊撒滅滅涅、帖歐——」

金天臉上露出不是金天的某個人物的笑臉，嘀嘀咕咕如此說道後——

「……嗚……『當你凝視深淵時，深淵也在凝視著你』……」

九九藻接著這麼翻譯。代表這次對方講出來的是很明確的語言。

這下就清楚了，現在有某個人物在讓金天講話。

被附身了，就好像——企圖對神出手的人類遭到天譴一樣。

而且從剛才的發言也可以推測，附身到金天身上的人物並不是現在才發現金天的，而是從更早之前就在看著金天。

之前住在隔壁兩間房的靈媒師女人見到我跟金天時說過——『有三個人』。

我想那肯定是她注意到有**另一個人**在看著金天。

我一直以為那傢伙是個詐欺師，但原來真的有靈異能力啊。

「……」

金天接著露出我似曾見過的表情後——從座位上靜靜起身，看著自己的右手，握拳、張開、握拳、再張開。

這是附身者……在確認金天的肉體可以按照自己的意思行動。

也就是說這個附身者——肯定是**還不習慣附身的傢伙**。只要妥當處理，或許就能將對方趕走。

「……」

金天閉著嘴巴環顧這間作戰會議室。而她的眼睛最先注目的對象……不是我們之中的任何一個人，而是房間角落——掉落在地板上的**小鋼珠**。

（……！）

我剛剛進入這房間的時候，有基於武偵的習性而觀察過房內的所有角落。當時明明沒有看到那樣的玩意——但那顆小小的銀色鋼珠忽然就出現在地板上了。

「氣、氣息在擴張。怎、怎麼會這麼快、這麼強……！我已經無法贏過她了……！Ⅲ大人，請快逃！」

看著金天的九九藻就像是見到老虎的狐狸一樣，變得畏縮起來。

我雖然聽不懂超能力用語，不過金天在超能力方面力量增強的事情——我也可以感受得出來。

剛開始還緩緩地，到現在越來越強烈……這整個房間，不，眼前的一切……都感覺像是被金天釋放的某種看不見的力量微微震動著。就跟去年在藍幫城上，孫在發射雷射前調整氣、劍、體的時候一樣。

「這恐怕——是什麼人物、或是什麼『神』在附身她——我來妨礙對手！那個叫九九藻的，妳也來幫忙！」

ZⅡ如此大叫後，用左右手「啪！」地脫掉自己的外套與裙子。

她因此變成像兔女郎一樣的黑色泳衣打扮，增加成為自己魔力吸氣口的皮膚外露面積——一腳踏過桌子，準備撲向金天。然而……

「……嗚！」

她忽然在桌面上往旁邊一蹬，躲過了什麼東西。結果因此失去平衡，撞到我身上。而且接著又用她完全外露的背部與高叉衩裝的屁股推著我往後退的時候——某個小小的發光粒子從近距離通過了她面前。

像衛星一樣圍繞金天的身體飛轉的那個白色光粒忽然「啪」一聲分為兩顆，繼續飛行。然後每轉一圈就分裂一次，增加為四顆、八顆——

……這發光粒子，是瞬間移動……！

附身者在**操縱體內埋有色金的金天，企圖把金天帶走**。

這個瞬間移動的光芒要是在移動瞬間貿然靠近，很可能會讓身體被撕裂。ZⅡ就是因為警戒這點，沒有辦法接近金天。狡猾的附身者將這個發光粒子的危險性質活用在防禦上了。

金天完全無視於我們的存在，也把視線從小鋼珠上移開，一步一步準備走出這間作戰會議室。

「——金天！」

我雖然很清楚現在的她已經不是金天……但還是如此大叫。

而聽到我的聲音後，金天——應該說不是金天的某個人物便露出充滿諷刺的笑臉，把頭轉回來看向我。

然後只留下那回眸一瞥……就離開房間，走向走廊。

見到那樣的畫面——

不知該說是ZⅡ害的還是應該說多虧ZⅡ而些微進入爆發模式的我，忽然感受到體

內多加了某種凶惡的危險血流。

這是……狂怒爆發……！

是當發現自己的女人被奪走時會發動的，凶暴而強力的爆發模式。

「GⅢ，我們追上去！ZⅡ，妳也來幫忙阻止金天！」

「我已經在做了！雖然不是我擅長的領域，但我已經在妨礙她瞬間移動……嗚咕！」

慌慌張張的ZⅡ想要一口氣脫掉自己的手套與膝上襪，結果一跳一跳地，最後「啪！」一聲跌到地上。給我一件一件輪流脫行不行，這個廢物！

「要追上是沒問題啦，可是老哥，咱們要怎麼做！那傢伙是第二世代的──嗚喔！」

準備聽從我指示的GⅢ忽然……啪！啪！

被九九藻與馬許兩人從背後架住手臂了。

「請住手，Ⅲ大人！現在還是先暫時撤退，靜待良機吧！什麼事前準備都沒做好就去挑戰超超能力者，根本是自殺行為呀！」

「沒錯，GⅢ，要是你死了，誰發薪水給我？」

「LOO，LOO。」

大概是受到九九藻與馬許的指示，連LOO都抱住GⅢ的腰部不放。

「──你們這些傢伙，不要礙事！」

我張開雙臂把九九藻、馬許與LOO都抓過來，靠狂怒爆發的力量一口氣把他們丟出去——但是……爆發模式並不會增加體重，結果我自己也因為反作用力而跌在地上了。該死，現在明明不是做這種事情的時候啊！

「抱歉啦，老哥。」

「你啊，好好管教一下自己的部下啦……！」

GⅢ用公主抱的姿勢把我抱起來，丟下摔成一團的九九藻他們三個人，來到走廊。

接著GⅢ把我放下來後，我們趕緊尋找金天的身影——找到了，她正往本營的出口走過去。

然而她的步伐很緩慢，也沒有在跑步。看來附身者沒有辦法做到那種事情。

而且瞬間移動的發光粒子也沒有增加到原本我擔心的那種程度。仔細一看，甚至有些分裂增加的光粒又互相融合為一了。是ZⅡ在進行妨礙啊。

雖然這只是我的感覺，但狀況看起來就像試圖增加光粒的力量與試圖減少的力量——遠距離的高性能電腦與性能雖然較差但距離較近的電腦各自透過無線通訊在進行檔案的複製與刪除競爭。現在我們在時間上還有餘裕。於是我對GⅢ說道：

「我和加奈以前——曾經藉由引發腦震盪阻止過被緋緋神附身的亞莉亞。畢竟就算被附身，身體還是人類。雖然我不想傷害金天，不過就讓她失去意識吧。這個任務交給你負責。我有和那種存在交手過幾次的經驗，所以我負責到前方製造對方的破綻。」

「也就是像把被駭客入侵的電腦暫時關機一樣的做法是吧？了解。」

GⅢ聽到我的作戰計畫後，把他的左手義肢往前平舉。接著「咖鏘」一聲——從拳頭第二關節處伸出了應該是麻醉針之類的隱藏短針。

「附身者也有豁出去讓金天做出自傷行為的可能性。要是對方有表現出那樣的徵兆，我也會立刻切換為讓對手昏迷的攻擊模式。」

我為了隨時可以施展蕾姬以前對艾馬基與狙姊使用過的延腦擦邊彈——讓子彈近距離擦過延腦或腦部的平衡中樞，靠壓迫或衝擊波使對手昏迷的招式——而解除了手槍的安全裝置。

接著——把剛才那件像兔女郎裝扮的泳衣又拿掉了腹部的布料，變得像是黑色綁縛衣打扮的ＺⅡ也衝出來到走廊上。

「Enable，GⅢ！我來阻止V大人的瞬間移動三到四分鐘！如果靠昏迷可以中斷附身，就拜託你們——在不要傷害到V大人的狀況下阻止她吧！只要能中斷附身，就能透過對反色金加上密碼的方式防止對手再度附身了！」

甩著黑色雙馬尾如此大叫的ＺⅡ看來也不想要傷害到金天的樣子。肯定是她有受到那樣的命令吧。

「好，我們三分三十秒解決！跟我來！」

我對GⅢ大聲下達指示，並朝著金天的背影踏出步伐——

但立刻又緊急剎車，甚至讓鞋底都被磨出黑煙。

（……！）

雖然這已經是第三次所以我沒再踩到，不過在我腳邊……有一顆小鋼珠滾了過去。不知是怎麼從房間內自己滾出來的那顆小鋼珠——在我和GⅢ前方約三公尺處很不自然地忽然靜止下來。

「怎麼啦，老哥？」

「該死……我們果然一直都被監視著啊。」

我臭罵一聲，並伸手制止在我背後的GⅢ。

從像是組合屋一樣的走廊地板隙縫間——以小鋼珠為中心，宛如水液滲出來似地——湧出銀色的液體。那水銀般的液體積成水灘，漸漸增加體積的同時……彷彿抬起頭的眼鏡蛇一樣緩緩升起。

「喂喂喂……這是什麼啊……」

GⅢ頓時發出焦急的聲音，可見那並不是尖端科學兵器的新武器。

體積在十秒左右就增加到跟人類差不多大，不斷蠢動的水銀——接著連形狀都漸漸變化為人形。畫面教人毛骨悚然，簡直就像什麼惡夢一樣。

變成一個裸女外型的水銀在額頭部分畸形膨脹……隨著「噗……」的一聲，緩緩破裂。大概是把成形過程中混入的空氣排出去了吧。

銀色的長髮，死板的銀色臉蛋，纖細的裸體。雖然看起來就像假人模型或銅像，但不同之處在於——它會動。

現在水銀女正把沒有瞳孔的眼睛望向我們，保護金天似地站在我們面前。

（該死……這肯定是附身金天的那傢伙的手下。）

之前在台場跟學園島很不自然地掉在地上的小鋼珠，就是這個水銀女的一部分。

意思是說我和金天在相遇以來，就一直被這傢伙監視著。

走在走廊上的金天——對上鎖的門瞥了一眼，緊接著便傳來「啪！」一聲像是門鎖從內側被破壞的聲響後，門板自動打開了。

就在金天從本營走出去的時候……警鈴大響。

「——別開槍！別開槍！」

ZII操作牆壁上像是對講機的操作盤如此大叫，可是——屋外還是傳來「砰！砰！噠噠噠！」的槍聲。是美國兵在對金天進行警告射擊。

（糟了……！）

我雖然因為水銀女的出現而驚訝得停下腳步——但現在已經管不了那麼多了。

於是趁著水銀女轉身面向傳來槍聲的屋外時……

「GIII，配合我！我們讓那水銀女倒下，然後跨過她到屋外去！」

「哈！居然把背部朝向我們，太大意啦。」

我和GIII有如兩頭猛獸般衝了過去。不知是因為水銀女看起來像現代藝術品的緣故，還是因為使用了藥物，GIII看來也進入爆發模式了。

兄弟間不需要話語。從水銀女破綻百出的背後——我朝上半身使出轉身迴旋踢，GIII使出掃堂腿——就在各自快要擊中目標的時候……

「！」

「──！」

水銀女忽然**沒有轉身就把身體轉回來了**。

她的身體前後變形，一瞬間替換了正面與背面。剛才明明還背朝我們的水銀女，現在卻正面朝著我們──用手腳同時擋下我和GⅢ以對手無法防禦為前提而施展的大動作攻擊。而且是用四肢畫圓、有點像中國拳法的動作。

該死！原來她把背部朝向我們，是陷阱啊！

──鏘！我和GⅢ的腳與水銀女的手腳碰撞，發出金屬聲響。隔著內穿式護具也能感受到像是鋼鐵般堅硬的觸感，可見這傢伙能夠自在改變身體的硬度，而且重量驚人。在剛才的衝擊之下卻動也沒動，應該有將近一噸重。

「嗚……！」

「啊！」

我因為對手出乎預料的重量而在半空中失去平衡的同時──水銀女用雙手抓住了我的腳踝。另外在不知不覺間從她腰部也伸出兩隻手臂，抓住了GⅢ的手。緊接著，我和GⅢ被用力一甩──「砰！」地撞在一起。

「嗚喔……！」

「可、可惡……！」

該死的水銀女──明明身體那麼纖細，力量卻那麼大。而且感覺不是靠肌力而是靠磁力之類的力量在動作，因此沒有像人類那樣的**蓄力**時間，讓人抓不準時機。

不知不覺間，水銀女的上半身變得瘦到嚇人的程度——讓手臂變成了八隻。然後從依然被她抓住的我衣服中以及GⅢ的腳部護具中把槍奪走……「砰砰砰砰！」地從難以想像的角度朝我們開槍。我光是為了不要讓頭部中彈而靠穿有防彈制服與護具的手臂或肩膀擋下子彈就已經快吃不消了。

噠噠噠噠！NATO彈的槍聲持續從屋外傳來。還有ZⅡ「不要開槍——！」的大叫聲。我必須……去救金天才行！

但我和GⅢ都被水銀女拖住，無法前進。

始終面無表情的水銀女——外型變得更加不像人類了。

像蛇一樣蠢動的銀色頭髮一部分忽然逼近GⅢ的臉部。危險！

「會被她灌進嘴裡啊，GⅢ！」

「混帳！」

GⅢ躲開前端變得像螺絲釘一樣的頭髮，同時把水銀女的手臂當成支點讓腳彈起。從他的腳部護具後方緊接著「轟！」地噴出火箭燃料的噴射火焰，靠著那樣的噴射力道使出爆發性加速的音速上段踢——

——隨著「鏘————！」一聲與踢中人體時完全不同的聲響，踹到了水銀女的頸部。水銀女的脖子當場發出金屬扭曲的聲音，被徹底折斷。

在那衝擊之下，我和GⅢ成功從銀色手臂中逃脫出來。我同時靠八岐大蛇的繩索回收手槍，並在拉開距離前用膝蓋往水銀女的肝臟部位賞了一擊。

然而水銀女的手卻立刻又變化為刀刃的形狀，「唰！」一聲朝我們脖子刺來。就算脖子被折斷、肝臟被攻擊，她也不痛不癢。

我們因為對人戰鬥的習慣而攻擊了頸部與臟器，但這女人身上根本沒有弱點部位啊。

該死——這下我們被迫後退了，明明現在必須往前進地說。

我靠八岐大蛇換上新彈匣，「砰砰砰砰！」地朝水銀女開槍。可是——子彈雖然在那傢伙身上打出王冠狀的水坑，鑽入體內，卻又從別的地方一顆顆被排出來。而且子彈前端幾乎沒有凹陷變形，感覺就像對水面開槍一樣。

嘰嘰嘰……水銀女把沒有表情的頭部抬起來，把多餘的手臂收回體內，恢復原本的形狀。

彷彿象徵我們的所有攻擊都沒有意義似地……再度擋在我們面前。

面對那銀色的身體，我和GⅢ不禁陷入絕望感中。

「呃～……GⅡ、GⅢ，你們再往前進一點。把那銀色的女人……總之推到屋外去。我有計策。」

從作戰會議室中，馬許調整著眼鏡位置並探出頭來如此說道。可是——

「就算你說要把她推出去……老哥，要怎麼做？這傢伙用槍也沒效，連一公尺也推不動啊。」

正如GⅢ所說，要從這個沒有其他出口的狹窄走廊中擊退這傢伙的聰明手法……

我即使靠爆發模式的腦袋也想不出來。

但是我至少知道了一件事：就是我想不出聰明的做法。

既然沒有聰明的做法——那就用不聰明的做法吧。

「不管怎麼說，那傢伙是有質量的物質。就揍她。」

我有點火大地把拳頭握在眼前。

「啥？那傢伙就算揍了也會恢復原形吧。」

「在恢復之前再揍她。」

「呃、喂，老哥……雖然我從以前就覺得你是個白痴了……」

「以前有個白痴說過，鐵拳才是我們的主要武器，所以就用拳頭把她揍飛。別說是屋外了，甚至把她給揍到遠處的山頭去。」

「揍飛——用2馬赫的『流星』嗎？」

「那招最後也會給她來一發，所以你聽到指示就從後面推我。哥哥我現在就讓你瞧瞧精采的東西，當作是你們幫忙護衛金天的謝禮。」

我如此說道後……

「——『那由多』——」

雙眼盯著水銀女，擺出架式——櫻花的基本動作。

以眼還眼，以牙還牙，以蠻力還蠻力——這個原本是我為了哪一天與蠻力怪物獅堂再戰而想出來的蠻力招式，我就現在拿來測試一下吧。反正這裡剛好也是新武器的測試基地嘛。

「那由多……？」

似乎對日文沒有學到那麼深的GⅢ頓時皺起眉頭，不過——

所謂的『那由多』是指十的六十次方，總之就是很大的數字。而這就是這招的名字。

——櫻花只要熟練之後，能夠進行一定程度的連續攻擊。

我自從上次被獅堂看穿櫻花的出招動作而被阻止之後，就一直祕密鍛鍊自己縮短櫻花連續攻擊的間隔時間。如今——我已經可以讓櫻花與櫻花的連續出招間隔縮短到幾乎為零了。

即便對手擋下一發攻擊也會來不及應付下一發。櫻花的飽和攻擊。這就是那由多。

如果要實現這招，必須在體內連續施展櫻花加速。在右半身加速擊出櫻花的時候，左半身就要蓄積下一發櫻花。然後在左邊擊出的時候，右邊緊接著蓄積櫻花。如此反覆。就好像裝有多個汽缸的引擎一樣——把以前只是單汽缸的櫻花改變為雙汽缸。

「——嗚喔喔喔……喔喔喔喔喔喔喔！」

我全身蓄積力氣後——砰！

往地面一蹬，衝向水銀女——磅————！

趁對方像刺蝟一樣準備從身上長出刺針之前，搶先擊出第一發右手正拳。

這傢伙是重量將近一噸的金屬女，硬度也能提升到像鋼鐵一樣。即使靠櫻花也只能把她打到稍微凹陷一點點的程度。不過我緊接著「磅磅磅磅磅磅磅磅磅磅！」地──左手正拳、右手鉤拳、左手鉤拳、右手縱拳、左手縱拳，再右手正拳、左手正拳、右鉤拳、左鉤拳──為了不讓對方預測出打擊點而不斷改變軌道，連續施展櫻花。毫不停息，也不喘氣，不考慮什麼弱點部位，只管連續毆打。

「哦哦哦哦哦哦哦！」

乒乒乓乓鏘鏘轟轟！連我自己都不敢相信是人類發出來、宛如道路工程用夯土機的連續聲響不斷響起。就連在我背後的GⅢ跟ZⅡ都被嚇傻了。

我不斷地揍，不斷地揍。不管對方是肉身、木材、水泥還是金屬。

拚命毆打──直到那由多次！

「哦哦哦哦哦哦哦哦哦哦哦！」

轟轟轟轟轟轟磅磅磅磅磅──！化為一座雙管炮的我接連射出鐵拳砲彈。雙汽缸櫻花的活塞全速運轉。我可以感受到自己的頭髮都豎立起來，變得像是什麼猛獸還是魔鬼。

水銀女雖然試圖把被揍的部位恢復原狀，但在那之前我的鐵拳又擊中同一個地方，結果對方的身體變得越來越扭曲、變形、噁心恐怖。然而不管對方外型變得如何，我都徹底無視，只要有能揍的部位就揍。那由多不會停止，直到敵人形體全失，變得沒有部位可揍為止！

水銀女已經什麼都做不到了。鼻頭或胸部等等突出的部位都被打扁，銀色的身體漸漸趨近平面——我接著將櫻花開始聚集到中央，使對方的身體漸漸被凹成『く』型，然後朝上半部分「磅磅磅磅磅！」地連續使出往斜上方的打擊。

被櫻花的往上攻擊連續毆打的水銀女——身體瞬間浮了一下。我把打擊角度再漸漸往上調整，變成連續上鉤拳。水銀女因此一跳一跳地，每次往後退下幾公分。而就在將近一噸重的她終於高高彈起的時候……

「GⅢ——！來吧！」

「——好！」

朝我背部飛來的GⅢ版櫻花——流星的力道——

加上了我最後切換為正面頭槌的櫻花。

——碰磅磅磅磅磅！

外觀已經變得搞不清楚是什麼玩意的水銀女——一如我剛才的宣言，飛了出去。朝本營的外面。

雖然我本來打算讓她飛得更遠，但似乎不會被揍昏的水銀女在半空中變成像水母的形狀，增加空氣阻力——最後在出了本營後往左彎的金天背後，「砰！」一聲掉落到地上。

一方面因為ZⅡ對士兵們的命令，金天依然毫髮無傷……但旋繞在她周圍的白色發光粒子，已經增加到隨時發動瞬間移動都不奇怪的程度了。

「馬許，已經把她推到屋外啦！」

GⅢ轉回頭，朝會議室的方向如此大吼之後，只把頭探出到走廊的馬許便——

「Ja（了解）。會稍微粗暴一點喔，沒問題吧？」

讓他那副似乎是通訊機的眼鏡發出光芒，如此說道。緊接著，我們都還沒回答他可不可以……隔著水銀女的另一頭——大門敞開的機庫中，靠地面滑行旋轉機身的無人戰鬥機．獵鷹UAV就……把裝在機身左下方的GAU－12／U平衡者機砲朝向水銀女，也就是幾乎朝向我們所在的方向。

因為在這樣的騷動之中又遇上兵器擅自啟動，連美國兵們都嚇得到處逃竄啦。

「畢竟現在好像很流行附身的樣子，所以我也附身那玩意了。雖然還沒到可以控制飛行的程度，但我已經可以入侵操控地面滑行跟武器管制啦。大家趴下。」

馬許趴下身體如此說道後，機砲便傳來旋轉砲管的聲音——

「喂……！」

把頭探出走廊的九九藻趕緊推倒LOO躲回會議室中。

因為施展那由多而疲憊無力的我也跟著GⅢ一起全身趴下——

——噗噗噗噗噗噗噗噗噗噗——————！

伴隨如巨大蜜蜂飛行似的聲響，看起來像橘紅色雷射線的成串炙熱25mm子彈——每秒好幾十發朝水銀女飛去。貫穿銀色身體的機槍子彈接著「啪哩啪哩啪哩啪嘰啪嘰啪嘰！」地破壞起這棟構造脆弱的本營建築。

「喂！不要亂來呀！」

用手掩護著綁有雙馬尾的頭部、趴下來的ＺⅡ半裸身體上，也有本營建築物的破片不斷撒落。

在瓦礫飛散之中，我看向金天——

為了保護自身不被水銀女飛濺的肉片，或者應該說銀片擊中，金天取消了瞬間移動，展開應該是次次元六面的角柱——內側可以看到像芯一樣的黑色影子——如防護柵欄般圍繞在自己周圍。

去年加奈有說過，同時施展兩種以上的超能力，就跟同時用左右雙手寫不同文字一樣是很困難的行為。看來以金天、或者說是附身者的能力限制上，還無法同時使用瞬間移動與次次元六面兩種超超能力的樣子。

就在水銀女全身飛濺四散，ＶＴＯＬ機停下機砲的瞬間……

「——Now（就是現在）！」

趴在地上的GⅢ順勢貼著地面如火箭炮一樣往前飛出。

接著從取消次次元六面，再度放出瞬間移動光芒的金天身邊——「唰！」一聲用側滾翻的動作穿過去，同時用左手義肢輕撫了一下金天的後腦杓。

「……」

皺起眉頭對GⅢ一瞥的金天……一聲不響地就把膝蓋、屁股落到地上。

然後保持那樣的跪坐姿勢——往前垂下頭，失去意識了。

是GⅢ在錯身而過的時候，對她使用了麻醉針。

「金天……嗚……！」

我為了靠近金天而站起身子，卻又忽然單腳跪下。好痛……頭部隱隱作痛。這是……對卒……發、發作了。不，應該從剛才就發作了，只是因為狂怒爆發的亢奮狀態讓我沒有察覺而已。

畢竟是關於人體的事情，我沒辦法說得很有把握，不過看來——如果在狂怒爆發下施展那由多這樣亂來的招式，即使是短時間的爆發模式也會引發對卒的樣子。換言之，發作條件是『負荷×時間』的意思。

就在九九藻與ZⅡ跨過本營的瓦礫，奔向GⅢ與金天的時候……我則是被LOO攙扶著，搖搖晃晃地追在她們後面。

（水銀女呢……）

在刺鼻的火藥味瀰漫的現場——連一塊水銀破片、一顆小鋼珠都找不到。這應該不是對方死了，而是逃走了才對。在判斷自己無法把金天帶走的附身者命令下，如雨水般滲入地面消失了。

「……金天，還好嗎……？」

我按著自己疼痛的頭部——如此詢問抱著金天身體的ZⅡ。

「——我現在對她重新施加了超能力的密碼保護。反色金基於其類似通訊機的性質上，本來應該每二十四小時……由我像這樣為V大人定期變更密碼，以防止萬一被人入侵的。Enable、GⅢ——這次都是錯在對超超能力無知的你們把V大人帶走。你們無權反駁。」

我和GⅢ面對如沉睡般的金天，背對化為一堆瓦礫、冒出黑煙的本營……都無言以對。

「V大人今後將由我和美軍保護。你們差不多也該理解了，現在的你們和V大人之間**居住的世界根本不同**呀。」

ZⅡ用『關於這件事情上已經不再讓步』的眼神抬頭看向我和GⅢ。

「金天……接下來、會怎樣……？」

因對卒而搖搖晃晃的我全身無力地如此問道，結果ZⅡ把視線從我們身上別開。

「她暫時會留在基地接受照顧兼檢查，隨後應該就會中斷裝甲……呃不，中斷訓練，送回洛斯阿拉莫斯摘除反色金。畢竟發生過這場附身意外，V大人應該會被解除任務——COUNTER-I計畫必須從人選上重新挑選。不過在收集完針對反色金與身體的檢查數據之後……我會請求上頭讓V大人可以回到你們身邊。所以拜託你們現在先收手吧。」

確實，既然已經發生這種事情……就算有GⅢ幫忙，我也很難靠個人力量繼續保護金天。這點已經非常清楚了。金天她——需要第二世代的人工天才以及美軍基地在超能力與軍事兩方面堅實的防衛。

（金天……）

我低頭望著因麻醉而沉睡的妹妹——心頭感到無比難受。

然而，病魔彷彿連讓人惜別的時間都不允許似的，不斷折磨我的頭。

該死！一陣一陣的疼痛如波浪般有強有弱……而現在增強了，強到難以保持意識的程度。

我的視野……漸漸模糊……

「——老哥！你怎麼了！喂，快叫醫護兵！」

GⅢ的聲音也聽起來莫名遙遠。

……金天……

4彈　反色金與佩特拉之鑰

以前都只有短短幾分鐘，最長也只發作幾小時就會消退的對卒，這次卻拖了很長一段時間。

我昏倒之後被搬送到東京醫科大學的八王子醫療中心，即使半夜恢復意識之後，頭痛的症狀依然持續到了早上。直到隔天傍晚才總算離院——

在開始下雨的天空下，我與整晚陪我住院的GⅢ他們一起搭著關上硬式敞篷的瑪莎拉蒂回家。

到達學園島南端的自家後……我呆呆望著金天已經不在的安靜房間。

因為擔心我太過沮喪而跟著進到家裡的GⅢ他們也不怎麼講話。

放在地板上的紅色書包，放在床上的Leopon布偶，畫有我的圖畫……全都讓我不禁想起金天。

（這樣做真的好嗎……）

為了保護金天不受敵人傷害，只能讓她在美軍的研究所或基地保護下生活才行。

這裡所謂的敵人，是指廣義的——神明，而我沒有與之對抗的能力。

即便是非人哉人類，依然是人類。ＺII說得沒錯，我與超自然的存在們根本居住在不同世界。

……可是，就算這樣……

金天是我的家人，我還是希望能靠自己保護她啊。

我明白了自己的無力，不禁沮喪消沉……而大概是因為擔心那樣的我，或者單純只是因為肚子餓的關係……

「金次，冰箱裡有蛋糕呢。」

「賞味期限到昨天，我可以幫你把它吃掉喔。」

九九藻與馬許發現了我原本為了幫金天慶生而買來的蛋糕。

「那我們就把它分成四等分吃掉吧。」

於是我走到廚房——把稍微奢侈一點買來的四吋蛋糕切成四份，大家圍著餐桌享用。可是……

「GIII，你給金天打的麻醉大概多久會醒？」

「因為當時沒時間調整劑量，會麻醉比較久。二十個小時，將近一天。」

「也就是說，她現在差不多睜開眼睛了。」

「應該是吧。」

如此交談的我和GIII，聲音都沒什麼精神。壽星不在場，光吃生日蛋糕，反而只會讓人更寂寞而已，一點都不美味。

能不能乾脆叫在旁邊默默盯著我們的LOO幫我吃掉啊？雖然這傢伙只會喝石油而已。我如此想著，往她瞥眼一看的時候……

LOO那對像兔耳朵的頭部裝置忽然「嗶嗶嗶」地發出藍色的LED光芒。

「金次，你丟在包包中的手機，接到金天打來的電話。是視訊通話。」

用缺乏抑揚頓挫的聲音如此說道後，LOO盡可能找到一塊面積較大的白色牆面——從眼睛把畫面投影出來。看來她是透過藍牙之類的功能擅自連接了我的手機。

牆上緊接著便映出金天一臉擔心的表情——

『——哥哥大人！太好了，你看起來沒事……我聽ZII說哥哥大人昏倒，擔心得要命呀。』

太好了。她講話的樣子看起來很正常，是原本的金天。

「——金天，我才想問妳沒事吧？有沒有哪裡覺得痛或不舒服的？」

我忍不住靠到牆壁前，擔心金天的身體狀況。

『我沒事。雖然回到高尾基地之後的記憶有點模糊……GIII先生、九九藻小姐、LOO……因為我給你們添了麻煩，真的很對不起……雖然這並不是道歉就能了事的……』

對金天沮喪講話的畫面，GIII回應一聲「那不是妳的錯啦」並站起身子後——在LOO的攝影機拍不到的我背上，用敲指信號告訴我『被竊聽了』。

……該死的美軍！雖然允許金天使用電話，卻同時在監視啊。

「總之……很高興看到妳沒事。妳隨時都可以打電話來沒關係，如果有什麼想要的東西也別客氣，儘管跟我說。現在能想到的……對了，我會送棉花糖過去給妳。」

對於只能說這些話的我，金天也——

『謝謝你，哥哥大人。我也很高興看到你沒事。我想你應該已經聽ZⅡ說過……現在決定從我身上把反色金拿掉了。』

「哦哦，聽說是那樣。沒問題吧？妳會不會害怕？」

既然是要把埋在體內的金屬拿掉，應該就是透過外科手術吧——因此我如此詢問後……

『不會的。畢竟只要沒有這東西，我身為兵器的任務也會被解除，或許將來有一天可以得到自由呀。呃……我會再打電話給你的。』

金天露出反過來讓我安心的溫柔笑臉後……掛斷通話。

「金天看起來沒事呢……」

「雖然軍方似乎不讓她講太久就是了。」

九九藻與馬許如此表示後……

「對高尾基地的監視就交給我們。有個尖端科學武器的補給官叫凱薩琳，是我的支持者。我會讓她進出基地幫忙蒐集情報。超能力方面的調查就交給九九藻跟洛嘉。對加奈的聯絡也交給我。現在老哥的工作——就是身為我們的老哥，**不要讓精神被打敗**。無法行動的時候就別行動，努力保持自己的日常生活。」

GⅢ把手放在我肩上，如此激勵我之後——沒多久便帶著部下們離開我家了。

（……保持自己的日常生活……嗎！）

雖然在這種心理狀態下實在很困難，不過GⅢ說的也有道理。

要是我因為什麼都做不到而持續責備自己，金天應該也會傷心。

現在就算勉強自己也要先讓自己的心靈與生活重新振作起來。雖然見不到面很難受，但金天現在可是有地表最強的美軍在保護她。

於是我打電話給武偵高中附屬小學……說金天因為監護人工作上的關係需要轉學……然後便打開課本念起書來。在變得只有一個人而安安靜靜的房間中，默默念書。

金天雖然每天都獲准打電話給我，但原本第一次的視訊通話後來卻因為「基於機密上的理由，沒辦法得到許可……」而改為只有聲音的通話了。這讓我總有一種金天離自己越來越遠的感覺，而每次只要想到這點心情就靜不下來。不過——我還是按照GⅢ所說，把注意力放到自己的日常生活上，努力保持著冷靜。

畢竟像我因為對卒休息了一次的補習班功課也還積著，要做的事情很多啊。

大概是為了確認我的狀況，GⅢ、九九藻和金女偶爾會跑來我家……而我每次都只請他們喝粗茶也很不好意思。於是——

我又參加了駿台補習班的模擬考而到池袋領取考試結果的時候，順便當作是散心而來到了前·遠山武偵事務所，也就是現在TBJ本店的工廠。

（……這地方沒怎麼變啊。哎呀，畢竟也沒過很久就是了。）

從還放在工廠前的自動販賣機買了武偵包Plain後，我按了一下出入口的門鈴。結果……

「來了～」

打開門跑出來的……呃！竟是個很可愛的褐髮女生。

她雖然穿著武偵高中的水手服，不過臉上漂亮的化妝怎麼看都像是會在表參道逛街的女生。即使對方年紀應該比自己小，但只要化妝成熟就會感到很沒轍的我……

「啊～呃～……那個……在裡面、嗎？那個、中空知社長？我、打聲招呼、那個～跟她說遠山、說我來了，她應該就會知道。」

變得像以前的中空知一樣慌張失措，對這位應該是TBJ員工的女生如此說道。

結果這個半長髮的美少女武偵小妹妹就──

「呼呀？你說『遠山』，請問是前社長遠山先生嗎！哇！哇！請給我簽名！」

驚訝得連同她用槍套皮帶乖乖配戴在裙子外的春田XD－S一起蹦蹦跳跳起來。

而她的聲音傳進狹小的公司屋內，結果……

「咦！前社長來參觀嗎！」

「人家第一次見面呢！」

「哇，怎麼辦？我還套著圍裙呀！」

又嘰嘰喳喳地跑出了三個人！原宿風格的蘿莉裝扮女孩，澀谷風格的街頭打扮女孩，青山風格的女大學生打扮女孩，各個都是像讀者模特兒的新潮美少女武偵。

「呃不，我只是想說，不知道中空知過得好不好，所以順路過來而已……」

原本只是打算在門口講幾句話就走的我，被ＴＢＪ的員工們又說又笑地圍繞著——帶進了充滿包子香氣的工廠內。雖然我不清楚她們究竟是聽中空知怎麼形容的，不過總覺得大家對身為創業者的我莫名尊敬的樣子。

「……！遠山同學，你來了呀……！」

我這時聽到像女主播一樣的美妙聲音而轉頭一看——

坐在工廠深處辦公桌的中空知正一臉開心地站起身子。

「——中空知，怎樣，生意還不錯吧？」

穿著同時也是ＴＢＪ制服的武偵高中水手服，長長的瀏海與眼鏡都跟以前沒變的中空知接著——

「是，託你的福，現在公司總共有十五名員工呢。雖然自從遠山同學離開之後，公司的宣傳標語稍微改成『由ＳＤＡ排行四十一名的武偵**創業**』就是了……」

走到我面前，露出她一如往常樸素可愛的笑臉。

因此心情放鬆下來的我，被招待到中空知的辦公桌旁邊坐下來——雖然對於女生員工們興奮看向我的視線有點受不了，但還是一邊享用著剛做好的美味武偵包，一邊與中空知閒聊起來。

剛創業時那些難受的回憶，如今都能講得像笑話一樣。據中空知說，ＴＢＪ繼

Laforet 店之後開店的澀谷１０９店也經營得很順利。現在也有透過委託販售在日本各地的女子大學販賣冷凍武偵包，那邊也收益不錯。感覺一切都很順利，我也很欣慰。至於薪水金額要給得比一般行情價還要高的公司方針，中空知也因為「是前社長定下的社規」而繼續遵守著。怪不得那些員工們會對我那麼好啊。

——關於這間公司的事情，如今我應該也沒必要再插嘴什麼了吧。事件就此落幕啦。

一反過去是我激勵沮喪失落的中空知，這次感覺換成是我被中空知激勵後——變得稍微比較有精神的我，接著也偷偷跑到 Laforet 的ＴＢＪ了。因為我本來也想買一些ＧⅢ他們美國人應該會喜歡的彩色武偵包當禮物，可是位於北青山的本店工廠卻剛好缺貨，然後聽說 Laforet 店應該還有庫存的關係。

於是我來到打扮得奇奇怪怪的女生們來來往往的 Laforet 原宿二樓……

買了顏色看起來彷彿有毒的彩色武偵包與彩虹武偵包，跟原本買的普通武偵包一起裝到塑膠袋中……轉身準備回家時……

（……嗯？）

奇怪……？是我看錯了嗎？

不、可是……很像啊……？

在匯集各種流行時尚的 Laforet 中，也有很多間像理子、希爾達和梅露愛特會喜

歡的所謂歌德蘿莉專門店。雖然主要都是在地下樓層，不過ＴＢＪ對面也有一間名叫「Baby White」的店面，販賣俗稱「白蘿莉」的全白洋裝……而就在那裡……

有個全身上下都是輕飄飄的蕾絲荷葉邊，頭上甚至還戴著有如童帽的bonnet軟帽——也因此看不太清楚臉部，不過……

……感覺應該是**茶常老師**的客人，站在店內。

畢竟老師平常都是穿西裝，要不是我受過偵探科訓練，應該就會漏看了。

今天是松丘館的休息日，所以茶常老師應該是來逛自己的私人服飾吧。

……哦～……真教人意外。原來老師是喜歡那種打扮的人。

像貞德也是一樣，個性越是像男人的女性，似乎越容易對那樣的玩意懷抱憧憬的樣子。只是老師和店員小姐講話的感覺與其說是常客，反而比較像是同業，這點有點奇妙。不過……

（哎呀，也沒必要太驚訝吧……）

我對那種女子力漲停板的衣服根本沒有興趣，甚至應該說會感到害怕，因此我本來打算裝作沒看到，快點離開……但是，如果對方早就發現我……而對我無視她的事情記恨在心，搞不好以後會在補習班提高對我的體罰強度。所以我想還是至少打聲招呼再走吧。

「——呃～老師，妳好。不好意思，我上次請假了。」

我避開掛滿衣架上的裙子與蓬蓬裙，稍微進到店內如此搭話後——

了。

「……………嗚…………！」

怎、怎麼回事？回頭看到我的茶常老師忽然驚嚇得連聲音都發不出來，全身僵住用滿是白色荷葉邊的手提包遮住下半部的臉蛋也急速泛紅。因為她全身白色只有臉蛋變紅，看起來就像日本國旗一樣。我該不會又搞砸了什麼吧？

「那、那麼，下次補習班再見。我下次會乖乖去上課的。」

我趕緊轉身，離開店面——

可是表情就像在補習班時一樣變得像魔鬼般的茶常老師立刻追上來，一把抓住我的手臂。

「……你要到處宣揚對吧？」

我轉回頭，看到茶常老師淚眼汪汪地抬頭瞪著我。

「呃、什麼……？」

緊緊抓著還搞不清楚狀況的我，不知道為什麼發飆起來的老師——踏出她那縱向裝飾有一整排蝴蝶結的白色厚底靴，拉著我不知要往哪裡走去。

呃、呃呃……？她到底在生我什麼氣啊……？

被綁架到計程車上的我，接著被滿臉通紅、鼓著腮幫子、始終默默不講話的茶常老師——帶到了她位於代代木上原的自家小公寓。

在搭電梯的時候，老師也一直都表情生氣地保持沉默。可怕。超可怕的。

然後，我被低著通紅臉蛋的老師推進的狹小房間中……

……滿滿都是洋裝。

超強的。簡直就像理子的衣櫥。不，是比那更為徹底的蘿莉塔城堡。玄關處有個直達天花板的鞋櫃，裝滿蘿莉塔風格的鞋子與靴子。荷葉邊裝飾的衣服掛到不能再掛的衣架從深處的房間滿溢到走廊上。地板上都是襪子、內襯衣、蕾絲與手套等等小東西，多得就像射擊訓練場的子彈盒。在盥洗室還有頭紗、胸花等等裝飾品。放眼望去幾乎都是白色和粉紅色，讓人眼睛好痛。

另外，這房間裡的氣味酸甜到不行。這裡是我最害怕的『驅金結界』，單身女性的房間。而且因為茶常老師打開冷氣的關係，室內濃純的女性氣味不斷朝我臉上吹來……！

喀嚓！從背後接著傳來茶常老師鎖上大門的絕望聲響——

「我先跟你講清楚，這是一種時尚。原本是中世紀到近現代的歐洲服飾，在日本發展為新的流行文化並傳播到全世界的。或許你會覺得我都一把年紀了還這樣很奇怪……但我從小都是讀升學學校，平常穿的都是制服，從來沒有穿過像這樣的服裝。所以我現在在穿。換言之這一點也不奇怪好嗎？」

茶常老師感覺像是在找什麼藉口，講話語氣又快又尖銳。不過……

像是童年時期沒什麼機會玩耍的人長大之後瘋狂迷上玩具，或是年輕時期都在工作的人到老年時就沉溺於酒色等等，都是很常見的事情。因此就算小時候都在讀書的茶常老師為了找回青春而喜歡上特殊的時尚，也不要過問太多才是做人的道理。而且關於這類的時尚流行，我已經聽理子講得耳朵都快長繭了，所以多少有些理解。於是……

「呃不，畢竟我以前有在那一帶工作過，一點都不會覺得有什麼奇怪……呃～雖然是有想過白色的衣服如果沾到醬油應該會很傷腦筋之類的啦……」

我盡可能表現出肯定的態度，想要安撫怒髮衝冠的茶常老師。但是在安撫女性的技能上不只是等級E，甚至是等級Z的我實在沒自信能否做得好。

總之無論如何都要找到什麼可以稱讚的東西討好對方，因此我試著飄移視線觀察周圍──這才注意到一件事，不禁感到驚訝。

在室內的這些衣服和裝飾品，幾乎全部……都是**手工製作**，不是現成商品。

「呃～……老師，妳這些衣服，應該不是在 Laforet 的地下樓層或竹下通買的吧？剛才妳在 Baby White 感覺也不像是客人。請問妳是有在手工製作嗎？呃，妳手真靈巧啊……」

聽到我有點語無倫次地如此說道後，堵在玄關門口的茶常老師忽然──把像是帽簷的 bonnet 軟帽底下的尖眼角眼睛微微睜大。

「……虧你是男生卻懂這麼多。沒錯，我到那間店只是去看看而已。就算再怎麼想要，那麼昂貴的衣服我也不會買。我從大學時代就開始自己製作這樣的東西，現在也有兼差在做設計。雖然沒有成為哪裡的專屬設計師，也從來沒有被聘用過就是了。」

因為我乖乖沒有抵抗，於是老師脫下似乎也是她自己親手製作的白色厚底靴……把襪口周圍裝飾有刺繡蕾絲的襪子踏入室內。接著摘下軟帽，用手整理她微帶褐色的內捲鮑伯頭。態度上感覺還在生氣。

（……『那麼昂貴的衣服』……？松丘館的講師薪水應該很高才對，而且那個品牌的商品應該是只要有在工作的人買起來都不困難的價格啊……）

這點讓我不禁有點在意，而重新再觀察屋內——發現相對於那些華麗得像公主裝扮的衣服，這間狹小的房間雖然整潔卻顯得窮酸。家具都是便宜貨。明明製作那些衣服的布料或絲線感覺都不會太高檔的說，為什麼會這樣？該不會是有在送錢給什麼惡質的男公關吧？

就在我看到一臺厚重的筆記型電腦裡裝的老舊ＯＳ而忍不住驚訝說道「嗚哇，Windows 2000」之後……

「反正還能用，有什麼關係。我沒錢換新電腦呀……你那眼神是什麼意思嘛。我才不是有送錢給什麼壞男人，是我妹妹在上大學——上東大文Ｉ，而且為了考司法測驗也有在上法律學校，很花學費啦。」

姊姊是東大畢業生，妹妹也是東大生，而且還是我想上的文科Ｉ類的學姊。好厲害的高學歷姊妹啊。

而茶常老師——似乎就跟中空知為了母親在工作一樣，為了自己的妹妹在補習班當講師，努力教育我們這些笨蛋的樣子。

「妹妹的學費是老師在出的嗎？」

仔細一看，在茶常老師的桌上擺有老師和長得跟她很像的妹妹一起拍的照片。

老師露出慈愛的眼神望向那張照片……

「因為我老家現在沒什麼錢呀。可是我希望讓妹妹實現她想成為律師的夢想。而且聽到我這麼說……那孩子就講說『等我開始賺錢之後，我會扶持姊姊的生活，讓姊姊可以專心當個設計師』什麼的，表現得好努力呢。」

「不過老師……雖然這樣講很失禮，但妳的生活……不會因此變得很難受嗎？」

「我從來都不覺得難受。姊妹間互相幫助是理所當然的呀。」

——『姊妹間互相幫助是理所當然』——

聽到這句話……金天的面容頓時閃過我腦中。

兄弟姊妹間時時刻刻互相扶持。老師與她妹妹之間存在著那樣的羈絆。

相較之下，現在沒辦法靠自己的力量保護金天的我與金天之間，還存在那樣的羈絆嗎？

或許在之前那種狀況下，會變成這樣也是無可奈何。但是把逃出來的金天又送返美軍基地的我……是不是連身為哥哥保護妹妹這樣理所當然的事情都沒做到？不，可是……

就在我鬱悶地想著這些心事的時候……

「那我去沖個澡喔。」

不知不覺間臉蛋又變得通紅的茶常老師忽然講出了這樣一句話……！

——為什麼——現在——要沖澡？

「咦？那我告辭了！」

我趕緊轉身背對老師準備離開，卻又被老師一把抓住外套的下襬。

咦咦？這是不准我回家的意思嗎……？為什麼？

「……你比較希望我不要沖澡嗎？好過分呢。」

彷彿看到什麼殺親仇人似地瞪著我的茶常老師……接著『噫』的一聲——坐到我進入房間時就看到、但盡可能不要去在意的那張窄小床鋪上。

然後把掛在肩上的白色披肩「唰」一聲解開蝴蝶結……！

因為屋外的炎熱天氣而有點流汗的上臂因此露出來——讓我的心臟頓時發出像是把興奮與驚訝加起來除以二之後的聲響。

老師身上的白蘿莉裝扮是純白的泡泡袖上衣，外面套上一件像是奶油的牡蠣色背心。背心雖然蓋住肩膀、背部以及用緞帶綁起來固定的腹部，可是卻唯獨胸口部分剪裁成大大的U字型，是讓胸部露出來的——露胸式背心。明明是參考貴族的洋裝，居然設計得這麼不知檢點……！

看起來宛如是從背心中蹦出來的、又大又圓的雙峰——外面包覆的雪白色上衣布料很薄，同樣因為有稍微流汗而讓底下的膚色與內衣的顏色微微透出來。

「老、老師！等等、妳、妳在做什麼啊……！」

「畢竟你是男孩子，只要做這種事，你就不會把我的興趣講出去了吧？」

稍微低著頭的茶常老師隔著瀏海用一副『去死！』的眼神瞪向我……但同時又「噗哧、噗哧」地把前開式的上衣胸前鈕釦一顆接一顆解開！不可以！不可以啊！老師跟學生之間『大人的特別授課』什麼的，不可以啦——！

「——松丘館的方針你應該知道吧？那裡有個內部規定，只要講師被學生瞧不起就會遭到解雇呀。要是你把我這個打扮的事情講出去，我絕對會被學生們取笑的。」

怪不得老師會表現得那麼恐怖。不過現在比較恐怖的是我的血流啊……！

「呃、不、我……對、對於那種事情……啊、不是的、這絕對不是說我討厭老師還是怎樣的，我只是、我只是——」

啊啊！跑出來了啦！淡淡的珊瑚粉紅色配上少女風格的白色花朵刺繡的全罩杯內衣……雖然因為上衣會透色，所以我剛才就已經知道顏色跟花紋了啦！

「什麼嘛，沒骨氣。」

不愧是個大人而超有骨氣的茶常老師接著「嘩唰」一聲把雙手伸進從內側把膝上裙像雨傘一樣撐開來的蓬蓬裙中，將指頭勾到存在於兩腰深淵的某塊布料上——這老師也太不應該了吧！

「我只知道到脫衣服為止的步驟，所以接下來就隨你高興吧。」

進入自暴自棄模式的老師「噗」一聲倒下來，仰天躺在床上。結果蓬蓬裙跟外裙也順勢翻起來，害我的心臟差點跟著被翻了起來。

「……嗚……！」

我一瞬間還以為自己又站著停止心跳，不禁冒出冷汗——

而就在我變成冷凍金次狀態靜止了十秒、二十秒後……

「……二十二歲的女人，或許在你看來已經是老阿姨了……」

茶常老師忽然……對什麼行動都不做的我瞧也沒瞧一眼，仰著頭——彷彿已經到了極限，害羞到無地自容似地——把手背放到自己雙眼上……

「可是……可是我又要怎麼做才能讓你保密嘛……要是沒了工作，我就付不起妹妹的學費了呀……嗚、嗚……嗚嗚……」

不、不妙。我又讓女人哭了。

就算我再無知……至少也知道女性都做到這地步了如果男人還不碰她一寸肌膚，反而是一種羞辱對方的失禮行為。要是我就這樣回家，老師的自尊心肯定會受到無比的傷害，怎麼辦——我必須做些什麼才行。

「老、老師，妳根本什麼也不用做。我打從一開始就沒有要說出去的打算啦。」

我的血流現在位於善與惡之間。雖然勉強還在善良的一邊，但也能隱約感受到邪惡的熱流。

拜託，爆發模式的金次，不要講出什麼壞心眼的發言。茶常老師她……在補習班的嚴厲態度姑且不說，但本性是個為了妹妹努力的溫柔姊姊啊。

我拚命壓抑衝向身體中心、中央的滾燙血流——坐到可以看見老師臉部的位置，並輕輕撥開她蓋在眼睛上的手，撫摸她的頭。

「——我希望妳能教教我。」

聽到我有點爆發模式的語氣，老師頓時抬起她女性的視線看向我。

「我就說我不知道了呀。我這個人就只知道念書跟這個打扮興趣，關於男人的事情根本就……」

「不是那樣。我是認真希望自己能確實考上東大。當然我自己也會努力，但無奈我基礎就是很差，光靠努力沒辦法達到確實考上的程度。或許非常困難，但還是拜託妳教教我考上東大的方法吧。」

我表情認真地如此說著，並從包包中拿出剛才從駿台補習班領回來的東大模擬考成績單。

「雖然詳細原因我沒辦法講，但這個入學考試是真的攸關我的性命。我必須進入東大，從那裡接近某個組織，獲得讓我自己能夠繼續活下去的關鍵。」

茶常老師躺在床上……

抬頭看著我的臉，沉默了好一段時間後……緩緩坐起上半身。

「……你的眼神看起來不像在說謊。畢竟你是從武偵高中來的學生，而且之前我聽學生們說你被一群打扮得像生存遊戲玩家的外國人給帶走……意思是說，那些其實都是真的軍人嗎？」

接著把她裝飾有鬆緊線折紋的背心背部轉向我，重新穿好上衣衣襟並如此詢問我。

「妳不要問比較好。」

「……說得也是。我就不過問了。」

然後雖然用小鳥坐的姿勢坐在床上，不過雙眼露出一如往常的嚴肅眼神……職業補習班教師的眼神，收下我的模擬考成績單。

「綜合成績E。國文、數學、英文……咦！等一下，你該不會作弊吧？」

老師頓時睜大眼睛，指向成績單上『英文120／120分』的欄位，詢問對於雖然布料很多但長度很短的裙子感到戰戰兢兢的我。

「不，我只有英文……還可以。」

「這已經不是『還可以』的等級，是滿分呀。你是歸國小孩嗎？」

「不是那樣。只是……我武偵高中時代有在國外幹過像是外國人部隊的事情……」

我因為不知該如何解釋極東戰役而講話變得含糊不清，結果老師就說著「啊～不用講了。我會變得很害怕你呀。」並搖搖頭，開始暗算起什麼東西。

「這是很強力的武器呢。東大因為英文的配分很多，對於歸國小孩來講很有利。假設你能勉強通過入學中心考試……如果英文考到滿分，只要國文54／120分，數學36／80分，日本史和世界史27／60分，就能及格考上文I了。」

「……即便是這樣，對我來說難度還是很高……所以拜託妳教教我如何攻略吧。而且只要我考上，老師也能領到一百萬元對吧？這交易應該不算壞才對。」

「虧你知道這件事。哎呀，畢竟你是武偵高中的學生嘛。不過我知道了。松丘館為了減少來自退學學生的抗議，所以是採用讓學生除了東大以外的保險學校也能考上的網羅式教育方針。不過我額外幫你加課，內容上就只把目標鎖定東大文I。」

聽到老師這段話，我胸口頓時湧起了希望。但緊接著——

「從明天開始，你每天晚上過來我家，念書到最後一班電車的時間。我會一邊盯著你一邊教你。」

茶常老師居然講出了這樣一句誇張的發言——看來她是個比蘭豹還要猛的女老師啊。難道我今後必須每天來這間爆發房嗎！我為了考試的時候不要犯錯，結果卻被迫要面對可能和年輕女教師犯錯的風險啊！

話雖如此……但大哥以前也有說過，所謂人生就是一波又一波的風險。

唯有面對風險、克服風險之後，人才有辦法繼續活下去。如果因為怕輸而老是逃避風險，人生就會緩緩地，但是確實地邁向破滅。

好——我好歹也是男人，就做好覺悟吧。和興趣是角色扮演的美女老師每晚兩人獨處——

勇敢面對這樣巨大的風險，努力撐過去。一直線邁向東大吧。

後來又過了一段日子……

「金是屬於銅族的過渡元素，化學符號為Ａｕ，原子序數７９，原子量１９７。具有光澤，在金屬之中延展性最高。雖然化學性質安定，但是會溶於濃鹽酸和濃硝酸以體積三比一混合而成的王水。」

透過在補習班勤奮念書加上茶常老師特別課程的效果，我的成績開始漸漸提升了。雖然還只是基礎程度，不過茶常老師在『加課』的時候曾說過——東大對於自己是前帝國大學之中第一所開課學校的事情抱有自負，而比較喜歡收走在學問王道上的學生。因此入學考試的題目也較多是測驗學生在高中學到基礎知識的完整程度。至於像喜歡收超越高中生等級的學生、追求霸道的京大會出的那種難解題目，東大很少會出。

「——很好。」

而茶常老師畢竟是老師，對於我的學力進步似乎也很高興。雖然在補習班的時候依然絕對不露出笑容，但偶爾和我對上眼睛時就會臉紅起來趕緊把視線別開。

不過那也是當然的。畢竟她可是把異性學生帶到自己家，甚至讓對方每天過來，幾乎等於是同居狀態——這件事萬一曝光就糟糕了。因此她和我每天晚上的加課是兩人之間的祕密。

而這樣的祕密關係，加上在 Laforet 相遇那天和我發展到危險邊緣的經驗——不知道為什麼，真的不知道為什麼，對茶常老師來說似乎是很高興的事情。

夜晚加課的時候，老師總是會一反在補習班的態度，笑容變得很多。而這樣的反差讓我感到非常困惑。像前天我去老師家的時候，她甚至還開心地拉著我的手進到房間，請我吃點心麵包跟她親手做的奶油燉湯。如果立場反過來，換成有女高中生每天晚上到我家來，我可是會壓力大到胃潰瘍死亡的說。

接著在念書的時候，跟我隔著一張矮桌坐在對面的老師，還把手肘撐在桌面上講出「補習班那些人要是知道這件事，不曉得會露出什麼表情呢」這種話，並看到我慌張的反應後——她在家偶爾會戴的眼鏡底下那對眼睛還笑得瞇了起來。看來她是個對刺激冒險會感到興奮的那種大姊姊啊。

大概是因此把我認定為玩具的關係，昨晚茶常老師又對我提出了「吶，你試著叫我媽媽看看，我也會叫你寶寶」這種莫名其妙的要求。而我說著「為什麼啦！」表示拒絕後，她就從「科隆大學有透過科學手法證明過，模擬性的母子關係可以緩和大腦壓力呀」這種表面理由開始，又講到她從以前就抱有想要養育小男孩的願望，希望寵愛比自己年紀小的男孩子到心蕩神馳的地步等等，相當恐怖的發言。印象中我好像在什麼書上讀過，高學歷的人之中抱有高度性癖的人也很多。看來真的是那樣。

就這樣繼金女&金天之後，又獲得了第三位媽媽的我以外……

松丘館的五班之中，以前那五名成員到現在依然都留著。

今天也在筆記本上畫著輕音樂社女高中生四人組的插畫以撫慰自己心靈的美少女動畫宅勅使川原。基於不良少年特有的不服輸個性而沒有離開的藤木林。還有戴著假黑框眼鏡提升自己幹勁的我這個無業男子也是一樣，平常就習慣被人取笑的人種在這間補習班就算再怎麼嚴厲地被打被罵，其實都還可以忍受的。

至於被我稱為黑色三連星的辣妹三姊妹則是……

「人家想離開了啦……」

「不可以放棄呀！」

「為什麼妳要放棄！」

只要有其中一臺德姆說出喪氣話，另外兩臺就會立刻激勵，互相扶持。

像茶常老師也是為了妹妹在努力扮演老師的角色，在這世界上到處都有兄弟、姊妹、家族們……互相著想，彼此幫助啊。

（金天……）

見到別人的家族愛，讓我不禁想起金天——於是在午休時間拿出手機，確認有沒有金天寄來的訊息。

即使分隔兩地……與金天的聯絡依然是我的心靈療癒時間。光是聽到她有精神的聲音就能安撫我的心，而且能夠透過郵件閒聊也代表她平安無事的意思。然而大概是美軍的檢閱一天天變得越來越嚴格的關係……最近她寄來的郵件變得越來越少，也幾乎都不能打電話了。

「嗚嗚，金次哥，今天的作業來不及的啦！我還沒寫完的啦！又要被茶常修理了啦！」

藤木林因為三小時後就要開始的英文課還沒寫完作業而陷入慌亂狀態，然後勅使川原也說著「啊……這麼說來……我也還沒寫完啊」並停下正在畫美少女插圖的手。

於是……

「如果是英文，我可以教你們喔。」

我決定犧牲自己的午休時間，助他們一臂之力了。雖然我不知道這樣做算不算補償只有自己跟老師私底下祕密加課的罪惡，不過畢竟對我來說英文就跟日文一樣。唯有在這種時候，我才能在這間低分族牢獄中發揮出宛如囚犯大哥般的可靠實力啊。

話雖如此，但因為我最近每天從早到晚都在念書的緣故……看到長篇的英文就、忍不住湧起睡意……

沒、沒問題。我剛才有在便利商店買了一罐眠眠打破……可、可是、真的好想睡……

忍不住搖頭晃腦的我——把手伸向提神飲料的時候——碰！

往前倒向松丘館的長矮桌，連同黑框眼鏡一起把臉重重撞到了桌面上。

「金、金次哥！你沒事吧！」

「……嗚哇，感覺超痛的……」

在藤木林與勅使川原的擔心中，我趕緊說著「抱、抱歉，我只是有點想睡。不過剛才撞那一下已經醒啦」並抬起頭。呃、奇怪？

隔著矮桌在對面並肩一起吃便當的辣妹三姊妹雖然嘻嘻哈哈地指著我大笑，可是——

（……！W、What？W、Why！）

那、那三個、黑辣妹們。

在剛才那短短一瞬間內，居然都變成只穿內衣的打扮了！內衣上還裝飾有花俏的紅色、藍色與白色蕾絲！英文是Lace。不對啦！妳們為什麼要脫掉衣服啦！

不、不對。不是那樣。這是那個啊。我雖然完全遺忘了這件事，不過這副眼鏡是GⅢ給我的東西，能夠利用紅外線透視衣物——對世上的男生們來說是夢幻道具，對我來說卻是地獄道具啊。今年夏天我在媽媽和透視方面簡直是大豐收嘛，喂！

而『只穿內衣吃著便當並取笑我的一群辣妹』這樣混雜日常與非日常的景象——帶有能夠讓爆發性血壓急速上升的神祕POWER。

不妙，在黑色三連星的聯手攻擊導致我做出因為年輕而犯下的過錯之前，必須想想什麼對策才行……對了，為了讓血流退縮，我就把她們想像成真的黑色三連星——馬修、奧爾迪加與蓋亞。想像，想像。不，這也太難了吧！因為完全不一樣啊！辣妹本身的女子力或者說雌力表現就很強勁了，而且MS色彩也不是黑色而是紅藍白，真要講起來應該是鋼彈配色啊！

「幹麼盯著人家看啦……」「噁心死了，陰沉男。」「啊哈，該不會是敲到頭變傻了吧？」

那些辣妹們感到噁心似地臭罵我的情境，也不知道為什麼讓我的爆發性血壓急速攀升。再這樣下去新人類會覺醒的……啊！對了！

「——休想得逞啊！」

我忍不住大叫出鋼彈動畫中的名言，雖然讓辣妹三姊妹當場被嚇呆，不過——

靠著摘下眼鏡，我總算平息了這場意外。話說，拜託你從一開始就這樣做行不行啦金次！

到了傍晚，就在離開松丘館的時候——我接到金女聯絡，說佩特拉住院了。雖然我聽了也不太懂，不過好像是因為緊急什麼鬼的症狀而入院，但幸虧佩特拉原本就是個強健的女人，並沒有發展到太嚴重的狀況……而很快就出院，現在已經在自家安靜休養的樣子。

於是我為了探望而來到大哥與佩特拉這對夫婦居住於乃木坂的公寓，在那漂亮高級的大門前與駕駛瑪莎拉蒂前來的GⅢ與金女會合了。

然後三人一起來到一樓——掛有『遠山』名牌的一〇一號房前——

按下門鈴後，今天不是加奈而是大哥的大哥便開門迎接我們。

「金次、GⅢ、金女，抱歉……我因為佩特拉住院而請假，結果就被人猜到你們也會來探望，所以現在也有其他客人到我家來。你們就跟對方見個面，講講話吧。」

明明是在自己家卻穿著西裝的大哥對我們這麼說，並招待我們進入客廳後……

教人感到意外地……

「哦哦，遠山大人。」

前公安零課的大門坊魁梧的身體居然就坐在沙發上。

而在他對面的沙發上則是坐著一名臉蛋漂亮、胸部又大，年約二十歲，目光銳利的巫女。打扮上跟星伽巫女相當不同，黑色長髮前的額頭上戴著一頂像金色頭冠的太陽造型前天冠。

就在我不禁微微皺眉的時候……另一名站在牆邊、身穿灰色西裝的男子微微轉頭看向我。對方年約三十歲上下，粗壯的身軀一看就知道是老練的職業武裝人員。雖然應該是個日本人，不過五官深邃，下顎有稜有角。頭髮是深濃的灰色，給人一種像白犀牛的印象。

「──大門和尚與金次似乎彼此都已經認識了，而這位女性是公安七課的斑鳩警視正。另外，站在那邊的則是武偵廳的古賀特命擔當部長。」

前零課、公安七課──負責不可能犯罪或關係到宗教團體的不可解案件等等，專門處理透過科學搜查無法解決的案件的組織──再加上管理大哥他們這些特命武偵的武偵廳的擔當部長……雖然面對的是這些大人物們，但是、我……

總、總、總覺得好像有更加驚人的景象，就呈現在我眼前啊……！

「佩……佩特拉……！」

輕輕鬆鬆坐在沙發上，面露溫和笑容的、佩特拉大嫂……

那、那個……呃……妳的肚子、是不是變大了……？而且不是變胖的意思。

「佩特拉姊姊，妳還好嗎？現在是懷孕四個月對吧？」

聽到金女這段發言，直到現在才知道這項驚人事實的我差點當場昏倒，但還是勉強撐住了。懷、懷、懷孕！

「哥、哥哥你怎麼啦？為什麼忽然擺出像假面超人1號的變身動作……」

被慌張失措的我嚇傻的金女，大概因為是女生而早就猜到了這件事情。但是——

「什麼叫怎麼了啦！那個！佩特拉、大哥、佩特拉、大哥、可是、直到去年以前、明明兩人還互相為敵的說，呃不、雖然你們確實結婚、確實是結婚了啦……！」

在胡亂揮動雙手的我身邊，以前吃了我一記絕牢也沒倒下的GⅢ竟「砰！」一聲昏倒在地上了。然而，大哥卻始終表現得很冷靜地……

「——就算原本互相是敵人，男女只要一起生活很自然就會變成這樣了。」

出、出現啦——！跟白雪的倉鼠理論同樣的學說！大哥，你竟搞出了這樣一件不得了的事情！等等，這不就是說將來很快會有個乘能力者與超能力者的混血兒要誕生了嗎？而且不是人工天才而是靠自然分娩……！

就在金女趕緊扶起用毛毛蟲般的姿勢倒在地上的GⅢ時——

「妾身沒有大礙，現在母子都已經安定下來了。倒是你們，據說跟來自美國的妹妹相遇了。妾身是因為GⅢ那邊的九九藻來詢問才聽說，美軍製造出了反色金埋在那少女的體內——也聽說近日會將那反色金摘除是吧？」

佩特拉則是輕鬆坐在沙發上，向我確認這件事。

畢竟現場還有大門坊、斑鳩警視正與古賀武偵等等人物……因此我在開口前對大哥使眼色確認，結果他露出了介於『你講出來沒關係』跟『這也是無可奈何的事情』

之間的眼神回應我。

「……沒錯，對方是名叫『金天』的妹妹。因為反色金不知道被什麼人物破解入侵，所以美軍似乎打算把計畫從頭來過的樣子。而聽說金天以後會到美國摘除反色金……」

雖然是姻親關係但畢竟也算自家人，於是我如此回答了佩特拉的問題。

結果她忽然皺起眉頭，用手摸著明明是孕婦卻戴在脖子上感覺很重的金項鍊。

「埋於血肉中的色金，將會與人的命與法相聯結。要是靠手術摘除——金天可是會斷送性命喔？這種程度的事情，只要是洛斯阿拉莫斯的人……那個叫ZⅡ的，還有金天，當然都應該知道才對。」

……妳說、什麼……？會斷送、性命……？

「不知道星伽家的巫術，也不曉得緋色研究的洛斯阿拉莫斯能夠停止色金功能的方法——就只有把人殺掉摘除色金，或是靠其他色金殺掉目標色金，這兩種手法而已。然而，反色金因為是人造的色金，其他任何色金都無法干涉。除了殺掉金天以外，別無他法。」

為了不要讓金天再度被人附身，因此要摘除色金……原來那並不是靠手術把體內的金屬片取出來那麼單純的事情，而是會奪走金天的性命。

而且隸屬洛斯阿拉莫斯的金天應該知道這點。明明知道，卻撒謊跟我說只要把反色金拿掉或許就能獲得自由嗎？

「……『廢棄』……」

聽完佩特拉的話，金女嚇得抽了一口氣——呢喃出她自己以前也差點遭遇的、人間兵器失敗作將會面臨的命運。

對洛斯阿拉莫斯而言，終究只是兵器的人工天才們只要被判斷為不良品，就必須接受肉體或精神上的『修理』——也就是矯正。而如果發現靠修理也無法解決問題的重度缺陷，就會遭到『廢棄』——換言之就是被殺掉。金天的情況就是透過摘除反色金。

「……老哥，不妙啊。洛斯阿拉莫斯肯定是打算讓金天先回美國一趟，收集完數據再把反色金摘除出來。然後為了重新製造下一代的人間最終兵器，把取出來的反色金拿來再利用啊……！」

GⅢ額頭滲出汗水，說出他從剛才對話中推想出的美軍反人道計畫。

對失敗作收集完數據之後就廢棄掉，再根據數據製造出下一個試製品。

反覆這樣的行為，為超能力戰爭做準備——完成反色金士兵。就好像以前洛斯阿拉莫斯反覆進行核子實驗，完成了原子彈一樣。

——雖然在表面上，軍隊之中也是有規矩存在。但歷史也已經證明了，光靠漂亮話無法應付實際的戰爭。這不僅限於美軍，凡是背負戰爭的所謂『軍隊』，都絕對帶有反人道的一面，要不然在戰場上就無法發揮機能。

——可是，即便如此。

也不能肯定這樣的事情。

要是在這裡停止思考，人就會反覆做出過分的事情。

現在發生在金天身上，將來又會一再發生。透過為了戰爭而製造出來的反色金。

金天在高尾基地說過的那段——有如道謝，有如告別的話語。

那是她已經預期到自己會遭到廢棄而說出的發言。

從那之後……金天從影像，到聲音，到郵件……一步一步漸漸與我拉開距離。那想必不是因為什麼美軍的檢閱，而是她自己這麼做的。為了將來有一天就算金天遭到廢棄，到時候我也已經遺忘了她的事情，能夠安穩地過自己的生活。

她究竟是抱著怎麼樣的心境……做著這樣的事情？每次通完電話、寄出郵件的時候，我雖然得到安心——但妳卻是在哭嗎！沒錯吧，金天……！

「——必須去阻止他們。就算要攻進美軍基地也一樣！」

我豎起眉梢，表現出立刻就要行動的態度時——站在牆邊默默聽著我們對話的武偵廳古賀武偵忽然把視線看向我。而大概是從那視線中感受到什麼危險的大哥接著就……

「等等，金次，想想這次的對手是誰。這點程度的事情，你應該也懂吧。」

如此說著，為我踩下剎車。我雖然忍不住垂下嘴角，但畢竟是大哥的命令，我只能暫時閉嘴——然後換成身穿灰色西裝的古賀部長……

「金次、GⅢ、金女，我接下來要講的內容有一部分會違反日美地位協定，所以你們絕對不可洩漏出去。首先——關於在高尾基地發生的事件，我們也有得到詳細的報告。畢竟在駐日美軍基地中也有很多與日本政府或行政機關互通的暗樁。」

用極為低沉，有如遠處傳來地震聲響似的聲音如此說了起來。

「在遺傳學上是你們妹妹的少女遭到美軍囚禁，目前正面臨死亡危機的事情，看來是真的。我雖然不想禁止你們去把她救出來，但那樣的行為等同於是從美軍基地奪走兵器。就算同樣是人工天才逃脫，這次的狀況與靠自己的力量脫逃出來，並且與美國之間建立起關係的GⅢ不一樣。既然如此，我與在場的公安們基於職務責任上也不能放任你們亂來。畢竟這會演變成國家之間的問題。」

對於一臉嚴肅地如此對我們說道的古賀……

「國家也是家吧。遠山家也是家，不要插嘴管別人家的事情。」

我露出『別阻止我們』的眼神，結果……

「我知道。你們無論如何都一定會行動吧。如果換作我站在你的立場，我也肯定會行動。因此，我有兩個條件，首先把你們的武偵手冊——」

畢竟是大哥的上司而表情帶有些微溫情的古賀說到這邊……

「——古賀先生，我很高興自己有個好上司。但是接下來的發言，有立場的人還是不要說出來比較好。我和愚弟自會處理。」

大概是為了在形式上不要變成是古賀下達許可的緣故，大哥用不是道謝的講法向對方道謝後，從西裝的內側口袋中……拿出他的武偵手冊，接著用宛如贈送紀念物似的動作將手冊交給佩特拉。

見到那樣的行為卻什麼話也沒講的古賀——剛才其實是準備要說『把你們的武偵手冊寄放在你們知道的地方』。為的是萬一我們在救出金天的作戰行動中喪命，也能當成是我們在事前就辭去了公職，讓日美之間的問題能夠降低一個層次。

然後……既然大哥遵照條件把自己的武偵手冊交付給佩特拉，就表示他這次也會出動的意思。但是……

「大哥，這次的狀況是我們愚蠢所導致的。所以彌補行動就交給我們——」

我對大哥露出『你不需要出面沒關係』的眼神，畢竟這次的對手是美軍與超超能力者；一方面也考慮到佩特拉肚子裡的小孩，絕對不能讓大哥有什麼萬一。

可是大哥卻彷彿對我說的話不理不睬似地走向一個深褐色的木架……從抽屜中拿出一把霧銀色的左輪手槍。

「雖然我本來是打算退出第一線，不過這次就當作是我的隱退戰吧。金次，我要保護我的家人。」

——柯爾特 Single-Action Army。

雖然是十九世紀前半開發出來的老式手槍，但只要握在大哥手中——感覺就會比任何最新式手槍都可靠。而實際上，柯爾特ＳＡＡ在大哥擅長的快槍射擊領域中，至今也依然是最受到信賴的手槍之一。

大哥再度握起了那把又稱為「和平製造者」的手槍，這行為比起任何話語都要強烈顯示出大哥討伐邪惡的決心。佩特拉似乎也沒有要制止他的意思。

「……知道了，我不會再多說什麼。不，至少讓我說一句——謝謝你。」

我說著，雖然對於靠著自己創業才好不容易保留下來的武偵手冊感到不捨——但還是跟著把它放到大哥家的桌上。沒關係，只要我們成功搶回金天，並活著回來就好啦。

而且這點絕對可以實現。畢竟這次有遠山家的長兄——金一大哥站在我們這邊。我雖然以前在台場海上贏過大哥，但那是因為大哥當時剛從長期睡眠中醒來，處於自律神經失調的狀態下。正常狀況的大哥可是比當時還要強三倍到五倍。如果能夠就近見識到他的戰鬥，我甚至感到熱血沸騰呢。

「美國有所謂身為大國的威信。而且這次有美國國籍的我們一起行動，要是基地規模的部隊跟僅僅四個人打架還打輸，美國肯定會選擇抹消事實，不會找你們抗議啦。」

因為現在的感覺是只要我們接受條件，對方就會默認我們行動的樣子，於是GⅢ也對古賀和大門語氣開朗地如此表示。不過——其實這場戰役是贏了上天堂，輸了下地獄啊。

要是我們輸了，不只是會失去金天而已。就算活著回來大哥也必須上法庭，古賀部長也會被追究責任。我則是會遭到起訴，難逃有罪判決，將來絕對無法成為武裝檢察官。但是……誰管得了那麼多。這可是為了拯救妹妹的性命啊。

「剛才你說條件有兩個，那麼另一個條件是什麼呢？」

金女對古賀如此詢問後，似乎在這點上已經和古賀他們講好的巫女斑鳩女士便……

「——就是要讓你們妹妹的反色金停止機能。即便是新世代的兵器，只要那個新機能壞掉，她也就只是個普通的女孩子。如此一來，事情便會比較好收拾了。」

用充滿透明感的優美關西腔如此回答，而且總覺得她與其說是在對我們講——還比較像是在對佩特拉講話。

佩特拉也彷彿是被她催促似的，微微嘆了一口氣。

「——如果說色金是神，那麼反色金便是人類模仿神創造出來的東西。人類埋下的種，便應當由人類來收拾。金天對妾身來說也是妹妹，本來妾身也希望能親自出面，但無奈現在懷有身孕。嗯，讓妾身想想……金女，這個就交給妳吧。畢竟這不適合男人呀。」

她說著，從左手無名指拿下與另一枚白金指環戴在一起的金色指環。

見到她那動作，斑鳩女士忽然睜大她眼角尖銳的眼睛。大門坊雖然因為眼睛太細，讓人無法正確看出他視線望向哪裡，不過他的臉也頓時轉向同個方向。

那兩人的表情看起來都彷彿在大叫「原來就是那個嗎！」的樣子，感覺他們今天就是為了看那玩意而專程前來的。

「佩特拉姊姊，這是……？」

金女因為手指粗細差異的關係，把那枚刻有埃及象形文字的細指環戴到自己的中指並如此詢問後——

「這東西的雛形是法老王的咒術。而夏洛克向妾身學了這咒術並藉由緋色研究使之進化，再加上妾身以前從白雪與亞莉亞奪來色金殺女與殼金調查了星伽巫術，將兩者融合做成的就是這個——『佩特拉之鑰』。它能夠停止色金的機能。是只有妾身可以製造的鑰匙。」

或許光是剛才那動作對孕婦來說就有點吃力的緣故，佩特拉微微吐了一口氣並如此說明。

（佩特拉之鑰……！）

那是以前佩特拉也有交給藍幫，可以用來切換猴與孫——也就是緋緋神的魔術鑰匙。雖然當時的玩意大概是為了象徵其功能而一如名稱作成了鑰匙的形狀，不過看來其實外型並沒有什麼影響，而是金屬本身就帶有力量。就跟色金殺女一樣。

「為了妹妹——為了能夠確實停止機能，妾身也為那枚指環注入了渾身解數。雖然也因此變得要跑一趟醫院就是了。」

佩特拉如此苦笑後，金一大哥靠到她身邊……牽起她的手。

「一方面也因為妾身沒有針對反色金製造過這東西，所以製造起來很困難，最後製造出的質量僅有那麼一些。因此那鑰匙能夠發揮效果的範圍很小，你們必須想辦法讓它接近到金天周圍五十公分以內。如此一來，反色金就會變回普通的金屬了。」

聽到佩特拉如此斷言，斑鳩與大門都驚訝得露出『居然能夠辦到那種事嗎』的表情。可見現在戴在金女手指上的那枚指環——即使在超能力世界中也是極為驚人的尖端道具吧。畢竟佩特拉本人雖然沒有親口證實過，不過她似乎也是受衛星軌道上的金色金授予力量的超超能力者。咱們家族真的各個都是作弊級的角色啊。

「——喂，你們既然也是這國家的聖職人員，就不要盯著女性的手一直看。你們現在能夠在這裡，是因為金一在工作上無法反抗古賀的緣故。但這本來可不是免費給人看的東西。稍微有節制點。」

或許跟色金相關的技術是祕密的關係，佩特拉說出這樣聽起來有點小氣的發言。

不過——

這下我總算搞懂這些人物會聚集在這裡的原因了。

首先是佩特拉倒下，所以大哥將這件事告訴了古賀部長。而知道高尾基地的色金意外事件與遠山家（金天）有關係的古賀便猜到我們會來大哥家探望佩特拉，而且根據談話內容可能會有動身攻擊美軍基地的風險，因此前來大哥家拜訪。至於同樣知道高尾基地那場意外的公安則是為了得到關於色金的最新情報，一直監視著遠山家的超能力者——也就是佩特拉，然後見到古賀來拜訪，就順便跟著進來了。而一看就知道不是超能力者的古賀也將大門與班鳩當成技術顧問，讓他們同席……

但也因為這樣的結果，雖然並非正式而且有附加條件——不過還是讓我們攻擊美軍的行動獲得了政府人員的許可啦。

「——什麼時候行動？」「現在就出發也行。」「我也是。」

就在我、GⅢ與金女都表現得幹勁十足的時候——

「……近日之內，良機絕對會來訪。準備好你們的武裝。」

即使不算完整也至少跟夏洛克學過條理預知的大哥，則是語氣平靜地如此呢喃了。

5彈　入玉戰術

在乃木坂暫時解散之後，當天晚上——

我為了對高尾基地的攻擊行動，在自家公寓準備著自己的武裝。貝瑞塔在羅馬為我製作的八岐大蛇，至今依然能夠完美發揮功能。而我以9mm子彈七十%、點50AE子彈三十%的比率裝滿八岐大蛇的彈匣。另外還有武偵彈——因為必須根據狀況選擇子彈，所以我將它們用百元商店買來的攜帶式彈藥盒整理收好。畢竟我以前就是都隨便放在口袋的關係，結果上次在表參道差點摔死啦。

裝了武偵彈盒的補習班書包中，為了潛入作戰也裝有其他各種像武偵七大道具的東西。而這個書包是3way式包包，除了手提之外也可以裝上背帶用肩背或後背。這次為了讓雙手可以自由活動，就改成後背方式吧。

接著——畢竟餓著肚子也打不了仗，於是我把因為金天喜歡而買了很多放在冰箱的冷凍蛋包飯拿出來加熱，並且用番茄醬在上面畫了個貓臉。心中一邊回想著我們初次見面那天晚上，金天在台場的餐廳吃蛋包飯時眼神閃閃發亮的樣子。然後我將蛋包飯端到客廳，打開電視一看——剛好在播金天喜歡的哆啦A夢。

如今我的生活與心靈中，金天都確實存在。那孩子是我的家人啊。我不想失去她。比起什麼軍力或備戰，家人絕對更重要。或許有人會主張不是那樣，但**若不是那樣就是不行的**啊。

金天就是金天。她已經不是GV了。

她是個喜歡吃蛋包飯和棉花糖，喜歡看電視動畫，在學校的工藝課努力畫我的圖畫的——我的妹妹啊。平常只是個很平凡、很普通的女孩子啊。

因此，我要把她帶回這個日常生活中。也要讓她從反色金的束縛中獲得解放，恢復為一個普通的小學生。不論對手是誰我也不惜一戰，絕對要把她救出來。這就是身為家人、身為哥哥的義務。

吃完飯後，我想到晾在外面的衣服到晚上還沒收……於是在陰暗的天空下把變得有點溼冷的衣服收回房間時……我的手機忽然響起〈HIT IN THE USA〉的旋律。是GⅢ打來的電話。

我趕緊接起來後……

『老哥，不妙啊。剛才我收到凱薩琳的聯絡。』

電話中傳來GⅢ的聲音，以及尖銳的引擎聲——代表他正在開車。

「怎麼？發生什麼事？」

『金天會搭今晚的班機被帶回美國。美軍就是從上頭到基層都喜歡隱瞞自己的缺失，洛斯阿拉莫斯為了不要被五角大廈發現反色金士兵的失敗試製品，所以這次不利用橫田空軍基地——而似乎打算從羽田搭為了其他任務起飛的V－22魚鷹旋翼機，經由關島回美國本土的樣子。』

……！怎麼會這樣？跟我方的行動時機也未免太契合了。

「該死！為什麼偏偏是現在？簡直就像他們在**看著我們**一樣——」

我前往乃木坂的時候也有基於武偵的習慣，注意自己有沒有被人跟蹤。知道我今天去過大哥家的，應該只有可以信賴的GⅢ他們以及古賀他們才對。

『他們**就是在看著我們**啊。美軍的偵察衛星無時無刻都在記錄全世界的影像。雖然因為那資料量實在太龐大，導致檢索效率很差——不過最近已經改成用AI在解析資料。只要提高對特定人物的警戒等級，美軍就能即時知道目標的特定行動。例如他們可以設定當我和老哥聚集到乃木坂的時候，就向高尾基地發出警告等等。』

原來美軍在為送金天回洛斯阿拉莫斯的行動做準備的同時，一直都有透過衛星和AI在監視可能攻擊高尾基地的遠山兄弟嗎？然後他們推測出我們聽了佩特拉的意見——知道了洛斯阿拉莫斯會廢棄金天的這件事，所以現在行動了。

就好像我方有透過間諜（凱薩琳）這樣原始的方法探知對方的行動，美軍和遠山家之間——其實一直都有在水面下進行情報戰，互猜對方的行動啊。

『反正我現在的行動肯定也有被監視，沒必要隱瞞的事情就比較多，是比較輕鬆啦。金一和金女已經在我車上了，再兩分鐘就會到達老哥公寓底下，你到時候跳下來。電話會被三澤基地的梯隊監聽系統（Echelon）聽光光，所以接下來的內容等你上車再講。』

這下沒時間拖拖拉拉了。於是我穿上八岐大蛇，握起書包——衝出房間的同時，一臺黑色瑪莎拉蒂正好急煞停車到公寓欄杆外下方的車道。

「喂，亞許，打開車頂！」

我為了將來萬一我的住址被亞莉亞她們發現時可以方便往東京灣跳海，所以故意選了二樓的房間，結果這次剛好就派上用場啦。於是我跳過欄杆——

從亞許趕緊打開的車頂「砰」一聲落到車後座。

接著要坐起身子的時候……我的手剛好撐在身穿防彈水手服、同樣坐在車後座的金女——擁有絕妙的張力與柔軟度、讓我的手指都微微陷進去的妹妹大腿，才剛展開行動就補充了爆發燃料。

「唉呦～哥哥，連這種時候都這樣悖德呢～」

在裝模作樣表現得很開心的金女左手中指上，指環『佩特拉之鑰』閃閃發亮。

瑪莎拉蒂接著「轟！」地催響V8引擎甩尾——結果因為離心力換成金女抱住我身體的時候……

「金天的電話已經打不通了，郵件也是。」

GⅢ就像在捶打似地轉動方向盤，讓車子往前衝了出去。不管是轟炸機、火車還是汽車，我家老弟的駕駛都好粗暴啊。

「跟你聯絡的凱薩琳補給官沒事嗎？」

坐在副駕駛座的大哥任由颳進車內的強風吹亂長髮，如此詢問GⅢ。

「Don't worry（不用擔心）。不論衛星還是梯隊系統都沒辦法攔截凱薩琳的聯絡啦。」

踩油門的方式才真的教人擔心的GⅢ這麼回答後……

「真厲害啊。你跟凱薩琳是怎麼互相聯絡的？」

我想說可以當作參考而問了一下，結果……

「飛鴿傳書。」

得到的卻是完全沒辦法拿來參考的回答。偵察衛星跟AI，居然會輸給鴿子啊。

「四十五分鐘前，載著金天的車隊從高尾基地出發了。從相對速度來計算，對方會比我們搶先開上首都高灣岸線，不過我自有準備。」

GⅢ如此說的同時踩踏油門，使瑪莎拉蒂GranCabrio緊急加速——讓大概是大哥從他車上拿來的紅色警示燈發光旋轉，並且從學園島開向台場，從台場進入東京港隧道。一路上有如穿梭於隕石之間的宇宙戰鬥機般，不斷蛇行避開其他車輛。

車後座因此被粗暴地左右亂甩，害我和金女一下被擠到右邊，一下又用別的姿勢被擠到左邊。金女的水手服無論上下都不斷壓到我的手腳或臉上，結果——原本就因為金天快要被帶走而帶有一點狂怒感覺的爆發模式血流又漸漸被填滿了。

「GⅢ，你說『自有準備』是什麼意思？」

「我讓部下們從六本木開四輛車先繞到前方偷襲，拖延美軍的車隊。然後在戰鬥途中我們也從後方襲擊，夾攻他們。」

透過車內音響大聲播放著出神音樂的GⅢ似乎正靠著那曲子漸漸提升HSS血壓的樣子。簡直是跟靠著妹妹爆發的我有得拚的返對啊。

另外——坐在副駕駛座的大哥好像也已經進入爆發模式了。我即使從背影也能感受出他超人般的壓迫感。

他究竟是怎麼進入的……雖然就算是家人之間，或者說正因為是家人之間，去想這種事情讓人超害羞的，不過……我以前有聽武藤說過一件事，當場震驚得呆滯了兩到三個小時……就是這世界上似乎也有男性非常喜歡正在懷孕中的女性。大哥該不會、呃、是靠肚子變大的佩特拉大嫂而進入的吧……？

「金次，就讓我告訴你一件事。」

「——呼啊？」

大概是我正在胡思亂想的事情被發現的關係，大哥忽然透過後照鏡對我說話——害我發出了像是白雪在驚慌時會發出的聲音。

「我現在的HSS是父權爆發，又稱為『家長的HSS』。遠山家的男人當自己的小孩遇上危機的時候，也會使HSS發生。我因為佩特拉的事情產生了身為父親的自覺，又剛好在這時候突然認識金天，所以讓我感覺那女孩與其說是妹妹還比較像是自己的女兒啊。」

原、原來是這樣。爆發模式本來就是為了傳宗接代的能力，所以自然也會包含保護年幼小孩的過程。很符合爆發模式的原理。

「這件事情爸爸只有告訴過我，並交代我當結婚生子之後接著要告訴金次。你就記得這點吧。畢竟照順序來講，下一個應該就輪到你了。」

「我想我一輩子都不會結婚，所以GⅢ你記住吧。」

「啥、啥？我、我嗎、結、結婚？」

「哥哥不是都已經跟人家結婚了嗎！一輩子不結婚是什麼意思！」

就因為大哥這段不慎發言，害老弟差點誤打方向盤，老妹也不知道為什麼掐住我的脖子，車內陷入一片大亂。這樣下去在戰鬥之前我們搞不好就會傳出死傷啦！

「──金次、GⅢ、金女，你們聽好。接下來的行動，要順從**義心**。」

在這樣的混亂中依然冷靜講話的大哥有如武將般的聲音──讓我們都跟著鎮定下來，不自覺專心聆聽。

畢竟這是遠山家的長兄認定為自己最後一場戰役之前，最後一段教誨。

「我們是基於『義』而出手拯救妹妹，僅此而已。不要去想其他的事情。不論是美軍的戰略，或是與這次行動有關的武偵廳或公安，全都是不純的東西。把它們全都忘掉。」

接下來就是──

「義即是星。若放在天空般廣大的心中，即永恆不變。既然基於那份義展開戰鬥，就要貫徹到底。即便正邪也一切都別過問。接下來要面對的東西極為純粹──唯有戰鬥。」

——為了拯救金天的戰鬥。

載著遠山家四人的漆黑敞篷車・瑪莎拉蒂疾馳於首都高速公路。

在這片夜空下、黑暗的高速公路另一頭，我們的妹妹正遭到囚禁。

就在車子穿過大井系統交流道時，ＡＩ亞許忽然用英文人工語音說道：

「——其他部隊與敵人接觸。切換影像。」

導航畫面接著消失，切換成四等分模式——映出大概是ＧⅢ部下們的車上攝影機或穿戴式攝影機拍攝到的畫面。

九九藻與馬許的聲音也伴隨槍聲從車內音響傳出來。

「沒有駕駛員的自動駕駛凱迪拉克 Escalade 一輛，前後各有一輛悍馬在護衛。」

「沒有偽裝車啊。看動作就知道。」

金女與ＧⅢ彷彿在為率先襲擊美軍車隊的夥伴們加油似地看著畫面。

包括用步槍應戰的美軍車輛在內，從畫面上看起來車輛都在行進中。ＧⅢ的部下們雖然沒能完全攔住敵人，但也成功讓敵方車隊減速了。

「我看到你們啦！ＶＩＰ（金女）就在那臺凱迪拉克上，可別讓它翻車了！」

對方似乎也聽得到我們的聲音，因此ＧⅢ如此大叫後，便『豪邁地了解啦！』『我們打從一開始就是那樣打算！』地，傳來身穿尖端科學鎧甲的亞特拉士以及明明身體嬌小卻握著一把GM－94榴彈發射器的洛嘉的聲音。看來那群部下是兩人一組，分乘四輛車的樣子。

敵方不愧是軍隊，從悍馬車上不斷有士兵開槍反擊——但是在我方高火力彈藥「轟！磅！」地間斷轟炸之中，還是讓車隊變得凌亂起來。

在車道上，注意到戰鬥的車輛們都紛紛停靠到路肩，再加上原本車流量就不算多，讓視野相當遼闊。隔著凱迪拉克也能看到羽田機場的客機，不過距離目的地還有一段距離。很好，我們就去支援GⅢ的部下們——

『——啊！』

接著一聲爆炸聲響之後傳來九九藻的聲音，她與柯林斯搭乘的那臺應該是BMW Z3的車輛忽然劇烈搖盪。

『討厭啦，那女人是怎麼搞的……！』

用人妖聲音慌張大叫的柯林斯把方向盤一轉，逃離悍馬車。

畫面因此改變角度，讓我看到——

——黑色的雙馬尾隨風擺盪，身上的打扮有如綁縛衣般裸露肌膚的第二世代人工天才。

「……ZⅡ……！」

是從凱迪拉克的車窗爬到車頂上的ZⅡ。她在車輛疾馳造成的風壓之中完全不為所動地站在車頂上，把雙手互握——然後像棒球投手一樣高高舉起。

這時在她的手掌與手掌間已經出現發出紅光的球體──

ZⅡ接著用幾乎要碰到車頂的低肩投球動作，將那顆球體擲向柯林斯駕駛的BMW。紅色光球越過車線飛來後，再度『轟！』地傳來爆炸聲。

『──嗚哇！』

隨著九九藻的大叫聲，畫面中天地旋轉了兩圈左右，接著只有那個畫面變得一片黑暗。他們被擊敗了。那就是之前ZⅡ和我打架時沒有用過的『火炮』嗎……！

「……主將被戰況逼出來啦。那傢伙是超超能力者！洛嘉，應戰──」

就在GⅢ這麼指示的下一瞬間，ZⅡ這次換成側肩投法擲出火炮，『轟！』的一聲把洛嘉與亞特拉士搭乘的捷豹XK炸飛了。

「──亞特拉士，馬許，快散開！」

金女雖然如此大叫，但已經太遲了。ZⅡ用雙手在頭頂上產生出有如火球的光彈，用藤球運動般的動作踢出來──帶有導向性的光球便飛向畫面中。伴隨『轟！』的一聲，火炮就跟剛才那兩發一樣，發揮出遠比外觀看起來還要強大的爆炸威力──

大概是車上攝影機拍攝的第三個畫面也一瞬間拍到天空之後消失。

最後只剩下LOO與基思搭乘的吉普Wrangler了。

「──我已經可以看到你們啦！你們做得很好！撤退吧，基思！」

『Ja（了解）！』

一如GⅢ所說，我們已經可以在前方道路上看到GⅢ部下們一臺臺正在燃燒的車輛，而現在剛好穿過了大破的BMW旁邊。透過後照鏡可以看到全身是灰、逃出車外的九九藻與柯林斯正揮甩著拳頭為我們打氣。

已經可以靠肉眼看到的基思那臺吉普Wrangler用甚至讓一邊車輪都懸空的速度緊急轉彎——躲過ZⅡ擲出的紅色光彈，然而那顆光彈卻又立刻回頭，飛向吉普。緊接著，不是透過車內音響而是直接可以聽到爆炸聲響傳來——

基思的車就像玩具車一樣飛向半空中，螢幕上最後的畫面也隨之消失。

高手雲集的GⅢ部下們……竟然短短一分鐘就全滅了。面對第二世代的人間兵器——ZⅡ一個人。

從首都高灣岸線穿過倉庫街的瑪莎拉蒂追過燃燒的捷豹XK、吉普以及從車中爬出來為GⅢ加油的部下們——

——最後終於和美軍的車隊並行了。雙方同樣都是時速一百公里。

「看到了——金天就在車內。」

「是啊，還好對方的車窗反光膜顏色不深啊。」

大哥與GⅢ看著凱迪拉克如此小聲交談，金女則是把她戴著指環的手放到胸前。

我們的勝利條件，就是要讓那枚指環接近到金天周圍五十公分的範圍內。如此一來她的反色金——就會變成普通的金屬片，而不用奪走金天的性命。

「金天……！」

我也看到了。在車內用困惑的眼神望著我們的金天。

金天這次完全沒有做出任何反抗美軍的行動，打算乖乖回到洛斯阿拉莫斯。因為她認為自己是兵器，是物品，認為既然引起意外事故就理所當然要遭到廢棄。

她雖然對於可能要奪取他人性命的命令會逃出來表示反抗……但是對於會奪走自己性命的命令卻抱著乖乖服從的想法。因為她認為這是自己與生俱來的命運。

金天一直以來都抱著死亡的覺悟在生活。被人灌輸那是理所當然的觀念，身為物品，過著不抱任何期望的人生。甚至連想要活得久一點的期望都不會湧上心頭的人生……

在凱迪拉克的車頂上，ZII任由雙馬尾水平擺盪，望向我們。護衛在凱迪拉克前後的悍馬上也有M4卡賓槍對著我們，不過對方大概是認為槍械對我們效果薄弱的關係，並沒有立刻開槍。

「ZII！妳有沒有搞清楚自己在做什麼！」

我從瑪莎拉蒂中探出身子，如此大叫。

「──沒有搞清楚的是你們。人間兵器系列本來就背負著要經歷大量失敗作──以這些犧牲為基礎，引導向成功的命運。對我們第二世代來說的成功，就是從神的侵略之中守護世界和平。美國會守護世界，而為了守護世界也不畏懼流血。要是畏懼流血，美國就會失去大義。」

她這麼說──也沒有錯。在中東，在非洲，在中亞，美國流了許多血。為了從蔓延世界的高壓與獨裁之中守護自由與民主主義，就算被人罵作是貪婪金錢與權利的偽善者，美國也依然不惜流血，不惜拋棄性命，緊咬牙根一路奮鬥著。美國有美國的正義——無論自已死了多少人，都要守護世界和平的正義。

然而，即便如此，正如大哥剛才說過的，我今晚不會考慮那種事情。

要講起來，這就是一場美國這個國家與遠山家這個家族的戰爭。是僅僅四個人引發的民族紛爭。這同樣也是世界各地的反美勢力主張自己的正義所做的事情。

狀況至此，便連善惡也顯得不純。在眼前唯有純粹的戰鬥。

為了拯救妹妹。為了我們的大義，不惜一戰……！

「……？」

「哥哥，天上的雲……」

首先是大哥，接著是金女把視線從前方車隊移向夜空。仔細一看，在首都高灣岸線的上空有一條沿著道路的細長雲霧。雖然看起來很像是環七雲、環八雲那種由車輛廢氣在道路上空蓄積成的煙霧，但是以現場的車流量來講也太奇怪了。

雲層高度極低。我本來還想說如果它能飄向機場，像霧氣般籠罩跑道，或許就能讓魚鷹旋翼機無法起飛了。但是……今晚幾乎沒有風。我雖然稍微觀察了一下，不過那雲層看來是不會讓戰況變得對我們有利的樣子。

在彎成弧形的高速公路上，瑪莎拉蒂與美軍車隊並排疾馳，一分一秒接近機場。

「大哥，我們上吧。配合我。GⅢ，駕駛就交給你了。」

我用八岐大蛇拔出貝瑞塔，GⅢ瞥眼看向凱迪拉克——
察覺出我方行動的ZⅡ也彎下膝蓋，壓低身體，將雙拳握在兩腰邊。那個動作……是打算同時發射兩發『火炮』吧。

「——等等。」

但就在這時——大哥又再度仰望夜空。緊接著ZⅡ也抬起頭。

於是我也跟著看向天空，發現在道路上那朵細長的雲……往左右延展，而且只有左右兩邊往下降，變得像是覆蓋在這條道路上的隧道。

「……那不是自然的雲……！」

金女皺起眉間，轉頭環視左右兩邊像窗簾般漸漸往下拉的雲。

因為這片像濃霧般的雲——讓我們雖然可以看到道路前後，但變得看不見左右兩邊了。到剛才還可以遠遠看到停泊客機與管制塔的羽田機場，現在也看不到了。

這片濃霧……我在香港也看過類似的東西，就跟卡羯為了隱藏海上油輪而施展的魔術海霧很像。

在場能夠辦到這種事情的人，頂多只有身為超超能力者的ZⅡ而已。但是ZⅡ也揮甩著她的黑色雙馬尾，感到可疑地轉頭觀察著四周。

也就是說——是某個第三者施展了這樣大規模的魔術嗎？

到底是誰？為了什麼？

如今已覆蓋住高速公路五公里以上的這個雲霧隧道，究竟是為了什麼目的？

「——就是現在！」

大哥發出警告，於是我們和ZII都轉頭看向行進方向……發現在高速公路前方形成了直徑約五公尺左右的龍捲風，看起來就像從上空的雲往下形成一個渦流。

就在這時——「咻轟隆隆隆隆隆！」地——從雲霧龍捲風中傳來落下爆炸的聲響，有個東西從空中入侵到這個濃霧隧道之中。不是飛機。在貼近到地面的時候——左右張開大大的翅膀，讓飛行軌跡從垂直轉換為水平，看起來就像老鷹或游隼之類的猛禽類獵捕獵物時的動作。是鳥嗎？不對，體積比鳥大很多——！

「嗚——」

「——！」

「跟我開玩笑的吧……！」

「咦、咦咦……？」

我們四個人看到穿出雲霧龍捲風逼近而來的**那玩意**，都不禁睜大眼睛。ZII也驚訝得讓雙馬尾都豎了起來。美軍車隊中也不斷發出有如尖叫的聲音。

那玩意利用像倒三角翼般展開的翅膀獲得地面效應造成的浮力，在首都高的柏油路上一直線滑翔而來。目測時速兩百公里。

走在車隊前頭的悍馬與那巨大存在錯身而過的瞬間——引擎部分「喀鏘！」一聲像是被穿甲彈擊中般炸飛。是遭到攻擊了。

隨著拍打翅膀的巨大聲響穿過瑪莎拉蒂與美軍車隊之間，飛到後方的那存在——

真的可以用**那個名稱**稱呼嗎？可以把那名稱講出來，承認那樣的東西存在嗎？我不知道。我們和美軍都說不出話來。因為大家雖然都有看過那玩意的想像圖，但沒有一個人見過實際的東西。沒有一個人能夠確信那玩意是**真的**。

「那是……！」

不過就在錯身而過的瞬間，我有看到。短短零點零幾秒間，我與那幾乎像棒球一樣巨大的眼球對上了視線。有如將蝙蝠擴大般，船帆似的翅膀。像鱷魚一樣往前突出的嘴部，朝後方七個方向長出犄角的頭部，長度將近兩公尺的脖子，流線型的身軀。雖然前肢的大小與人類手臂差不多，但大概是為了支撐直立巨大身體的後腳則粗得像金屬桶一樣。足足有五公尺長的尾巴末端，也能看到恐龍想像圖中也能看到的巨瘤與尖刺。體表則是覆蓋有深綠色像岩石般粗獷的鱗片。

然後更誇張的是——在那背上有用鎖鏈和皮帶固定的鞍座，而且可以看到**那個女人**就騎在上面。我腦內頓時想起以前那女人……與哈比鳥在一起的事實，逼得我不得不承認眼前的景象是現實。

即使心中非常不願意，但我還是必須說出來。那是——

「——龍、啊……」

「……呃、那個是、dragon？」

我和金女分別說出現在看到那玩意的名稱。不過——

「如果是兩隻腳就應該是 wyvern（飛龍）才對吧。Dragon 是四隻腳啊。」

現在就按照博學的GⅢ所說，稱牠為飛龍吧。畢竟在生物學上也沒有定義，總之就是那樣的玩意。

「對方轉頭追上來了。」

在場只有大哥還保持冷靜，透過後照鏡追蹤飛龍的動作。

我在車後座轉向後方，再度親眼確認那隻颳起雲霧快速轉向的飛龍——以及騎在牠背上的那個女人。他們在瑪莎拉蒂後方，距離約一百公尺。

雖然青蔥色的比基尼鎧甲和飛龍鱗片是同色系，讓人很難分辨，不過白皙的肌膚在宛如流星般飛梭的路燈照耀下彷彿一明一暗地在閃爍著。從頭盔左右兩邊突出小小的白色翅膀，在強風中擺盪。然後——明顯瞪著我們的天藍色眼睛，閃耀的白銀長槍——

「——瓦爾基麗雅……！」

那傢伙騎在飛龍上，追著我們。最初俯衝下來的速度依然沒有減緩，而且還用長槍末端刺在飛龍身上使之拍打翅膀，進一步加速。不知是否可以說是她善於駕馭龍——總之從動作看起來她很慣於騎乘那個生物。

車隊為了迴避遭到破壞的前方車輛，陸續靠向瑪莎拉蒂。ZⅡ為了不要從緊急轉彎的車上摔下去而全身趴到車頂上。雖然要說是機會也確實是個好機會，但現在似乎不是和ZⅡ與美軍戰鬥的時候。瓦爾基麗雅駕馭的飛龍已經追上護衛在後方的悍馬了……！

飛龍一邊飛行的同時，從喉嚨發出隆隆的震動聲。不知牠是不是有什麼像砂囊一樣的器官可以積存鎂質結石的關係，隨著那個震動——從牠膨脹起來的胸口鱗片縫隙間發出了V字型的橘色光芒。

——簡、簡直難以置信。大概是從胃部倒灌出來類似甲烷類的氣體**在體內被點燃了**。

飛龍朝著對牠開始進行威嚇射擊的悍馬「轟隆隆隆隆隆！」地——

「嗚喔……！」

吐出了就算相隔一段距離的瑪莎拉蒂都會被輻射熱燙傷似的高溫火焰。而且不只是火焰而已，明明是從遠處噴出卻讓我眼睛感到發麻，或許是同時從嘴巴噴出了強酸性的可燃性分泌液霧氣。這、這生物也未免太有害了吧。

車輛後部變得破破爛爛的悍馬接著燃燒、爆炸——

殘存的車輛只剩下ZII與金天搭乘的凱迪拉克，以及我們搭乘的瑪莎拉蒂了。

沒有戴眼罩也沒戴口罩，讓美麗的臉蛋暴露在強風中，長長的金色髮辮隨風擺盪的瓦爾基麗雅接著——

「——呀咿呀——！喝！」

用高跟鞋的鞋跟敲打飛龍的身體，朝瑪莎拉蒂微微修正方向。

現在——她尖銳的頭盔底下鋒利的雙眼與我對上視線。她盯上我了。

到這邊的行動我還可以理解。畢竟我們上次沒有分出勝負，而且我靠鐵風摘掉那頂頭盔似乎也讓那傢伙丟了臉的樣子。但是，她為什麼偏偏要挑在這個時候出手攻擊？

「那個女龍騎士我之前在明治神宮見過。她是『N』的瓦爾基麗雅，使長槍的高手。」

「似乎是那樣。我剛才看到她對前頭車輛使出長槍突刺。」

我雖然沒有看到，不過大哥對GⅢ的說明如此回應後——

我感受到發光而看向左側，發現在車頂上的ZⅡ擺出像是用轉臺造壺般的動作，左右手掌間產生了一顆排球大小的『火炮』。

「……嗚……！」

ZⅡ的火炮光是棒球大小就足以把車子炸飛，要是她用那光球攻擊我們就完蛋了——不過ZⅡ把它舉高到頭頂上後，「啪唰！」一聲振起黑色的雙馬尾，用排球的跳躍發球動作擊發出去。目標是朝著飛在凱迪拉克後方三十公尺處的飛龍。

即便是如攻擊戰鬥機的飛龍，如果被那玩意直接擊中肯定也會吃不消的——

正當我這麼想的瞬間，瓦爾基麗雅忽然架起長槍，在前方「啪！」一聲發出有如照相機閃光燈的白色閃光，一下子就讓ZⅡ的紅色光彈消失了。

這是……瓦爾基麗雅的超能力。

就跟她在羅馬的廣場會談時讓卡羯的水槍失效的招式一樣，是讓魔術消失的光。

「有**另一個敵人**來了。對方之所以讓飛龍飛到後方，就是為了用巨大的身體遮掩啊。」

靠直覺的索敵範圍遠比我廣的大哥，透過後照鏡看著後方如此說道。

大概是察覺到自己已經被發現的緣故，『另一個敵人』從飛龍側面飛了出來。不知不覺間追上我們的那個存在，是像巨大車輪般自立行走的——**銀色圓盤**！直徑約兩公尺半的那玩意靠著高速旋轉，沿路肩朝我們衝來。

「喂，老哥，那是……！」

「該死！是水銀女啊！外型變得還真多。」

看起來像是把薄薄的凸面鏡放大，邊緣有如刀刃般銳利的那玩意——是在高尾基地撤退過一次的水銀女。我從顏色和氣息就能知道。看來她果然是靠電磁力之類的力量在動的樣子，明明沒有動力機也能自行轉動。與飛龍是不同種類的惡夢畫面啊。

瓦爾基麗雅似乎把目標放在我們身上，而恐怕什麼形狀都能變化的圓盤水銀女則是把目標放在ZII與金天身上。看到那兩人互相配合的行動——

我爆發模式的腦中連鎖性地漸漸理解了狀況。

（——水銀——）

水銀的英文是Mercury，據說源自羅馬神話中的Mercurius。而獅子大公古蘭督卡以前在羅馬有叫過從Mercurius變化而來的『墨丘利』這個名字。

「那個圓盤是墨丘利……！那也是N的成員啊！」

我向大家發出警告後，為了進行確認而把注意力集中在聽覺，便聽到從那圓盤傳來……咕嚕咕嚕……的微弱聲響。就跟在羅馬的科爾索大道現身的N成員之一——繃帶人身上發出的聲音一樣。原來在那繃帶底下，就是那個水銀女。

之前在競技場雖然沒有看到身影，不過古蘭督卡有叫過名字的墨丘利——其實那時候也躲在競技場中，利用把身體延展成薄狀藏在沙子底下之類的手法。

另外——關於N的三人一組攻擊模式，我也知道一件事。

在羅馬襲擊我的尖兵伊歐，輔佐的墨丘利以及主將古蘭督卡的指環組合，是不戴指環、顏色不明以及銀色指環。

在表參道交戰過的尖兵哈比鳥，輔佐的伊藤茉斬以及主將瓦爾基麗雅的指環組合則是不戴指環，本來是銀但因為丟失而降格為鐵，然後是鉑。

指環的等級會依據尖兵、輔佐、主將的順序越來越高，而當敗北之後再度對我發動攻擊時會提高主將的等級。從那傾向推測起來，墨丘利的地位應該相當於鐵指環。

從高尾基地到這次都有出現的尖兵墨丘利，以及輔佐的瓦爾基麗雅，分別是鐵與鉑。按照N的攻擊模式，絕對還有一名主將。那個主將的等級比鉑還要高。而他們對金屬的排列順序不同於一般常識，金比鉑高。

就我所知，戴金指環的成員只有一個。

換言之，肯定就是——

（……尼莫……！）

N的提督。化可能為不可能的女人，尼莫——

大概是對兩度敗給我的部下們感到不耐煩，所以大將親自出馬了。

與此同時，我又知道了一件事。

在高尾基地附身到金天身上的『某個人物』——就是尼莫……！

以前猴在鬼之國也有說明過同種的術法有多困難，從遠距離操控人的靈魂並不是一般超能力者能夠辦到的事情。只有像緋緋神那樣的超超能力者才勉強能辦到。

存在於世界上的超超能力者並不多。從對方在高尾基地會與墨丘利互相配合的行動看來——也能知道對方是尼莫沒錯。雖然N的首領階級中也有推測應該是金指環地位的莫里亞蒂教授，但根據夏洛克所說，他並不是超能力者。

「虧妳上次竟敢附身到我妹妹身上啊——尼莫！」

我對著應該是尼莫製造出來的雲霧隧道如此大叫。

N的目標是讓世界文明回到過去，讓神降臨。為了那樣的野望，他們會盯上能夠與神通訊的反色金士兵也並不奇怪。莫里亞蒂預測到金天會在東京脫逃，因此尼莫挑在金天的周邊防衛變得遠比在洛斯阿拉莫斯時更薄弱的那個時間點出動了。

然而這次也是——有某種眼睛看不見的力量發動效果，讓我扯上了關係。恐怕在色金埋入金天體內時就已經在發揮作用的那個未知力量好幾度都讓N和我交手。就好像反覆侵蝕生命的病毒以及與之對抗的免疫系統一樣。

尼莫搞不好會再度嘗試連接ZII之前說過已經阻止的憑依。我們必須在變更後的密碼被破解之前趕快擊敗那傢伙，要不然高尾的悲劇又會重演。

「——快要到羽田機場了！」

在金女大叫的同時，隔著濃霧隧道可以看到帶有散射光的管制塔燈光。目測三公里。要是進入機場，搞不好在機場待命的美軍就會把金天帶走了。

就在這時，我爆發模式的頭腦又注意到一件事。

N的戰術傾向於靠追擊戰分散敵人戰力並追趕或引誘到主將的地方。而現在瓦爾基麗雅與墨丘利正在後方追趕我們。朝著羽田機場的方向。也就是說——尼莫也在機場。

「老哥，『尼莫』是那個嗎？我有聽LOO跟亞許說過，是N的提督是吧？」

「沒錯，她絕對就在前方沒錯。大將親自出馬了。」

「也就是『入玉』呢。」

聽到GⅢ和我的對話，金女接著把這個狀況——比喻為將棋中讓王將攻入敵陣之中的亂來招式，入玉戰術。我們現在正被像是飛車角的瓦爾基麗雅與墨丘利誘導到尼莫——N的王將所在之處。連同他們想要得到的金天一起。

到剛才都無聲行走的圓盤這時忽然發出「嘰哩哩哩哩——」像是電鋸的聲音，從圓盤的接地面也開始朝後方爆出火花。雖然因為對方在高速旋轉所以無法用眼睛確認，不過她肯定是讓圓盤邊緣變形成圓鋸的形狀了。

「快加速！」

大哥見狀並朝ZII發出警告後……

「──！」

被危險至極的圓盤追殺的ZII……似乎能夠隔空操作而讓失去前後護衛的凱迪拉克加速了。因為金天在那車內，所以瑪莎拉蒂也跟著加速。雖然因此和飛龍稍微拉開了距離，但是圓盤──卻依然能輕鬆追上來。

「既然妳們要用龍，那我也用吧。」

我為了守護金天而啟動八岐大蛇──有如東西洋龍對決般拔出雙槍。接著用沙漠之鷹朝斜後方的圓盤「磅磅磅磅！」地開槍──但圓盤表面只有一瞬間出現彈痕後，就像液體一樣讓子彈穿透過去了。

我本來是抱著帥氣反擊的打算，可是……

「不要浪費子彈啊老哥！上次在高尾不就試過了！」

卻被老弟罵了。於是我──因為對方是男的，所以就算在爆發模式下也發飆起來……

「你這瑪莎拉蒂的後車箱！這裡面有裝機關炮之類的玩意對吧！上次靠獵鷹的機砲就對她有效了，快拿出來轟她啊！」

用力拍打我從之前就懷疑是兵器收納庫的後車箱，對駕駛座的GIII如此怒吼。可是……

「不是啦！那裡面裝的是以LOO的飛行裝備為基礎製造出來的『加布林』──給我用的噴射滑翔翼啦。為了當金天被美軍的魚鷹帶走的時候可以派上用場！」

居然不是武器啊……！

就在我們兄弟間的溝通不良曝光的這段時間──瓦爾基麗雅騎乘的飛龍也漸漸加速追上瑪莎拉蒂。受不了！兩邊忙得我不可開交啊！

我按照基本慣例，首先迎擊距離比較接近的敵人──於是用全自動射擊的貝瑞塔對進入射程範圍內的飛龍「砰砰砰砰砰！」地連續開槍。但基於和墨丘利不同的理由……手槍子彈對這傢伙也沒有效。因為牠鱗片異常堅硬，又呈現平坦的角錐型，會把子彈彈開。

（既然這樣，我就瞄準那顆大眼球……！）

於是我──為了攻擊位於飛龍那顆蜥蜴形頭部的側面而無法直接瞄準的眼睛──扣下沙漠之鷹與貝瑞塔兩把槍，利用9mm帕拉貝倫彈與點50AE彈的速度差使出單人彈子戲法……卻被瓦爾基麗雅用銀槍把子彈彈開了。那麼用妳沒看過的招式如何？於是我拔出馬尼亞戈短刀施展弧彈……卻同樣被對方用長槍輕鬆彈開。

「……該死……！真是沒辦法。」

在哥哥、弟弟與妹妹面前浪費了好幾發子彈，連續出糗的我，一方面也為了挽回名譽──

在車後座面朝後方站起身子，抬頭挺胸與飛龍對峙。

「凡事有二就有三，我和N已經是老對手。如果把廣場飯店的見面算進去就是第四次了。GⅢ、金女，我身為哥哥就教你們一件事。要讓死纏不休的敵人徹底受挫的方法，就是每次都全力以赴迎擊對手——僅此而已。」

在引誘飛龍靠近的同時，我學大哥對弟妹們帥氣發表訓示後……

我將張開的雙手疊在一起，放到右臉頰後方。

「現在我就讓你們看看我首度公開的必殺技。招式名稱是——『炸霸』——」

很好，現在的我連自己都覺得很帥氣呢。而且我瞥眼瞄了一下，GⅢ也露出興奮期待的眼神，金女則是露出閃閃發亮的眼神看著我。畢竟我這個人就是在施展瘋狂超人招式的時候最耀眼嘛。雖然招式名稱是偷學妖刕的炸牙想出來的就是了。

——理論上，妖刕那招利用超音速揮砍施展的中距離攻擊「炸牙」，我應該也能使用。

畢竟櫻花本來就是跟夏洛克交手時用短刀使出來的招式，只要和我在荷蘭看過閻用狼牙棒使出類似招式時的記憶互相組合，應該就能讓衝擊波往前飛才對。

以前我讀過遠山家的祕傳書中也有一招效果類似的徒手招式名叫「扇霸」，上面寫的招式理論「射出氣勁。用左手射出，相疊的右手阻止餘波」實在太過莫名其妙，讓我當時忍不住大叫一句「那種事情誰辦得到啦！」然後把卷軸給丟了出去。不過……只要把當中的「氣勁」換成「衝擊波」，就是我現在要施展的炸霸了。

如果是右撇子的我要施展炸霸——就用四倍櫻花的左手平掌製造出衝擊波，並且用比較靈巧的右手同時使出反相位的四倍橘花，讓朝著自己方向的衝擊波互相抵消。只要能夠正確想像出波形，靠手指的動作就能進行控制。我在學園島第十四區的廢車丟棄場偷偷實驗的時候有讓一臺巴士翻車過，因此威力也已經獲得實證。雖然當時感覺成功得相當僥倖，不過我這個人就是在實戰的時候能夠成功使出招式啊。

就在大哥、GⅢ、金女甚至連ZⅡ都看著我擺出招式動作之中——我朝進入八公尺射擊範圍內的飛龍……

「——炸霸——！」

就像貝吉達的吉利克炮一樣，將相疊的左右雙手往前揮出——！

——

——……

……失敗了！

櫻花的衝擊波和橘花完全抵消。換言之，什～麼事都沒有發生。

「剛才那是什麼？」「老哥，什麼時候會出招啊？」「哥哥……？」

哥哥、弟弟與妹妹頭上都冒出大大的問號時——

來、來啦！全長將近十公尺的飛龍逼近眼前了……！

「抱、抱歉！剛才那是練習！我再用一次。所以瓦爾基麗雅妳往後退一點——」

「——不要慌！」

正當我慌張失措到對語言根本不通的瓦爾基麗雅提出莫名其妙的要求時，在我背後——坐在副駕駛座的大哥「唰！」一聲翻起風衣——把手撐在座椅的靠頭做為支點，輕飄飄地空翻一圈。

接著站到比我和金女坐的車後座還要後面的後車箱上，明明飛龍已經逼近到車尾上空兩公尺處的說！

「金一，危險！快退下！」

GⅢ握著槍大叫後，讓瑪莎拉蒂加速追過凱迪拉克。

就在與飛龍的距離拉開到五公尺的時候，大哥的周圍——「啪啪啪啪啪啪！」地出現六發槍口焰。是靠爆發模式也沒看到槍的不可視子彈。飛龍的鱗片雖然彈開子彈，不過強力的柯爾特彈造成的衝擊還是讓牠稍微往上升了。

「——羅羅莎！咿呀哈——！」

龍上的女騎士瓦爾基麗雅發出吶喊聲——而那個大概是命令的聲音，讓飛龍朝著瑪莎拉蒂俯衝下來。她是打算讓飛龍壓到車上。到時候不只是瑪莎拉蒂會因為飛龍的重量而停止……連我們都會被壓扁啊……！

外觀邪惡醜陋的飛龍臉漸漸逼近瑪莎拉蒂，讓金女不禁臉色發青。

然而，依舊一步也沒退下的大哥則是——

「龍啊，好眼神。你為了主人的命令，甚至不惜拋棄自己的生命是吧。」

有點同情地如此呢喃後……

——對於飛龍「吼啊啊啊啊啊啊啊啊！」地發出震撼周圍的吼叫聲也不為所動，將右手放低——轉身鑽入飛龍那張長有好幾排的利牙，感覺可以把人活吞的嘴巴下方。

大哥的長髮在他身體周圍——描繪出有如東洋龍的細長曲線。

「永別了。」

——然後對朝他壓來的飛龍身體推出一掌，動作感覺莫名溫柔。

緊接著下個瞬間——

「——呀！羅羅莎……！」

忽然停止拍打翅膀的飛龍遠離了瑪莎拉蒂，往後方、往下方遠去。連同探頭看向飛龍已經閉上瞬膜的臉大聲叫喚的瓦爾基麗雅一起。

接著伴隨「轟隆……」一聲，飛龍落到柏油路上——全身往前翻滾。「砰！砰！」地像顆不斷彈跳滾動的巨大岩石，把瓦爾基麗雅也捲入其中，消失在遙遠的後方。

濃霧之中，飛龍一路滾到首都高在京濱島上的彎曲處也沒有轉彎……就這樣從高速公路上摔到京濱運河中——最後發出激烈的水花聲。

對於靜靜站在後車箱上，目送飛龍最後一程的大哥……

「成、成功了……是屠龍啊。」

「好厲害……才靠一招而已……」

GⅢ與金女都瞪大了眼睛。而我也是一樣。

（剛……剛才那是、『羅剎』……！）

那是遠山家也有相傳、靠心臟震盪讓敵人當場死亡的——名副其實的一擊必殺技。

老爸果然只有把這招傳給大哥啊。

跟像是傳話遊戲一樣經由源賴光與閻才傳到我這裡的劣化版羅剎比起來……大哥的動作極為溫和，甚至讓人會感受到慈悲。

連剎那間的痛苦也不會給予對手的死亡一擊。那就是真正的羅剎。

——然而，我們還來不及沉浸在勝利的餘韻中……

「啊——！」

ZII短短一聲尖叫讓我們回過神來，看到在瑪莎拉蒂左後方——

銀色圓盤墨丘利正爆著火花追上凱迪拉克車尾了。

「金天！ZII！」

我大聲叫喚，GIII讓瑪莎拉蒂減速。大哥則是用鞍馬體操似的動作順勢回到副駕駛座，讓我的視野也豁然開朗。

墨丘利的圓盤邊緣已經開始切割後車箱，發出「咖咖咖咖咖！」的聲響後——停止旋轉。靠著刀刃砍進凱迪拉克車尾，黏住車子了。

「——！」

ZII用懸空射門似的動作朝圓盤踹出一腳——讓墨丘利的一部分「啪嘰！」一聲從內側炸開，是她以前也對我肩膀用過的『地雷』，緊接著在圓盤表面也「啪啪啪！」地有看不見的力量在拍打。是金女在車內也用念力在攻擊啊。

然而雙方的攻擊都沒有造成什麼效果。墨丘利接著像阿米巴原蟲般變形，貼著車底移動到前方。

——然後隨著「啪嘰！」一聲——凱迪拉克的前擋風玻璃被打出了一個小洞。

這招我有看到，是貼在引擎罩上的墨丘利把自己身體的一部分像小鋼珠一樣射出去的。沒有靠什麼火藥或彈簧，恐怕是利用像電磁槍的原理。

墨丘利接著伸出阿米巴原蟲的觸手，從擋風玻璃上的小洞入侵到車內。透過窗戶可以看到車內的金女露出畏懼的表情，往後退到車後座。

「V大人！」

為了把墨丘利的觸手拔出來而跳到車子前方的ZII——因為太過慌張，沒有注意到別的觸手已經伸到自己背後。前端像啞鈴一樣脹大變重的觸手「啪！」一聲敲到ZII的頭部——讓她摔下去了——！從時速將近兩百公里的凱迪拉克車上。

她失去意識了。要是以那個速度摔在柏油路上，可是會當場喪命啊！

就在我抽了一口氣時，GIII的義肢「啪唰！」一聲——拖著連接左手腕的繩索飛過我的眼前，抓住了ZII的腳踝。我本來還以為ZII就要這樣被抓著拖行，不過她在被抓到的瞬間似乎就恢復意識——「啪！啪啪！」地對柏油路射出小小的紅色光彈，引起爆風，再沿著GIII往回拉的繩索——好不容易抓到了瑪莎拉蒂的側面車門。

她接著抱住幫忙拉她起來的我，總算爬到車位上……

「總、總之我先向你們道謝。不過現在必須想想辦法對付那個水銀，要不然V大人就……！」

被我抱住身體而臉紅的ZII……從近處觀察起來這打扮也太誇張了吧……！雖然

應該是為了讓肌膚露出來的關係，不過這衣服簡直就像ＳＭ女王一樣。因為不管抱住哪裡都會碰到柔軟的肌膚，讓我又意外補充了追加的爆發燃料啦。但現在不是去想那種事情的時候。

「——ＺⅡ，聽好！那些傢伙的目標是金天的反色金。而我們現在有方法，可以不用殺掉金天就讓色金停止機能——如此一來，那些傢伙應該也會撤退才對！或許洛斯阿拉莫斯命令妳把金天連同反色金一起帶回去……但事到如今妳就放棄那個命令，幫我們的忙吧！」

從墨丘利貼在凱迪拉克外側的體積來推測，她入侵到車內的體積應該還只有一小部分。我們還有一段時間可以救金天。

被明明是敵人的我們救了一命的ＺⅡ皺起眉頭思索幾秒後——

「……知道了。我雖然是宣誓對合眾國效忠的軍人，但既然演變成這樣的緊急事態——就必須臨機應變才行！」

她說著，用大概是裝有遙控程式的智慧型手機隔空操縱凱迪拉克，並且對ＧⅢ說道：「我讓車停下，你讓這輛車也停下。」

可是——凱迪拉克沒有停車，甚至反而加速了。

仔細一看，從擋風玻璃進入到車內的墨丘利……只靠網狀的銀線圍出人類的外框形狀，坐在駕駛座上。

「那傢伙居然也有知性嗎！她把遠端操作系統關掉了……！」

「總之追上去，不要被甩開了！」

在瞪大紅色眼睛的ＺII前方，大哥對GIII如此大叫後，GIII粗暴加速讓瑪莎拉蒂與凱迪拉克並行。

「ＺII，妳不能從羽田把美軍叫來嗎！只要用車輛包圍起來或許就能讓它停下來啦！」

金女閃爍著中指上的指環『佩特拉之鑰』，對ＺII提出援軍要求，但……

「從一開始悍馬被擊破的時候我就有聯絡了。可是……完全聯絡不上應該在羽田機場準備魚鷹的海軍陸戰隊。明明就沒有受到什麼電波干擾才對——」

ＺII握著智慧型手機，咬牙切齒。

雖然不清楚原因——不過看來我們只能靠自己對付墨丘利了。

「要急彎了，可別被甩出車外啦！」

GIII把方向盤一打，與凱迪拉克並肩跳著圓環舞般轉進機場中央交流道出口。隨著瑪莎拉蒂的輪胎發出尖銳聲響，兩輛車終於來到了羽田機場第二航廈前。

大概是早已接獲失控車輛情報的關係，往兩邊延伸的細長航廈大量出入口都被架著盾牌的機場警察封鎖著。然而——網狀人駕駛的凱迪拉克卻完全無視於他們的存在，從他們眼前衝過去。難道不是要在機場內與尼莫會合嗎……？

「那傢伙變形抓住金天了！」

正如大哥所說，在凱迪拉克車內的墨丘利用人形部分繼續駕駛車輛的同時，從背後伸出像鳥爪一樣的部分抓住了金天。

現在既然來到尼莫的隔空瞬間移動應該可以發動的機場範圍內……我們就已經沒辦法採取停止對方車輛再救出金天的手段了。畢竟尼莫的瞬間移動所使用的藍色霧氣似乎只能出現在固定的座標，因此我們只能繼續與對方並行，讓對方繼續移動，不讓對方使用瞬間移動。

墨丘利這時打開車窗，將銀色身體的一部分伸出到車頂上。駕駛車輛的網狀人部分漸漸縮小，但抓住金天的部分依然沒變，伸出到車頂上的部分漸漸變大——形成像是植物嫩芽的形狀。那株嫩芽逐漸巨大的同時，左右對稱地往兩邊擴展。從兩片嫩葉的形狀慢慢變得能夠產生升力……

「是翅膀。」

「——她打算從空中把金天帶走啊……！」

大哥與我幾乎同時察覺這點後，金女從她的裙子下——讓能夠自動飛行的細布狀磁力推進纖維盾像尾巴一樣伸出來。

內部大概是中空的翅膀漸漸變成像一隻巨鳥的形狀，而牠的腳部——終於還是從車窗把金天給拉了出來。

「金天！」

「……哥哥大人……！」

我聽到聲音，視線也對上，可是伸手不及。

墨丘利拍打銀色的翅膀——剛開始還用銀線連接著凱迪拉克，讓自己像風箏一樣——吊著金天，往上空漸漸飄浮起來。

失去網狀人部分駕駛的凱迪拉克在角度不大的轉彎處沒有轉向，讓車體側面擦撞在護欄上爆出火花。就在這時，墨丘利切斷連接自己與車子的銀線，橫越過瑪莎拉蒂上空後——

——大幅迴旋，離開現場。

金女雖然咬起下唇……但她也無能為力。乘著海風飛行的墨丘利速度非常快，靠速度只有腳踏車程度的磁力推進纖維盾根本追不上。

「老哥，我們用加布林追上去！ZII，妳來代替我駕駛。金一，你幫忙保護這輛車。金女妳留在這裡。我和老哥去把金天帶回來！」

習慣小隊作戰的GIII迅速分配完每個人的負責任務後——按下車座椅下的按鈕，讓後車箱的蓋子「磅！」一聲飛走。

因此外露的後車箱內，裝有像是艦載機一樣靠鉸鏈構造摺疊收納的白色翅膀。畢竟這個原型是LOO背在背上的飛行裝備，因此沒有軀體部和尾翼，是只有翅膀的噴射滑翔翼。形狀有如巨大的迴旋鏢，在翅膀後緣處有推進器的噴射口。

從翅膀中央上方的兩處『ユ』字型的握把位置來看，這玩意應該是靠乘坐在上面的人自己用身體保持平衡吧。感覺很難操縱的樣子。

在時速兩百公里的風壓中，GIII從駕駛座上把身體縮成一團往後翻滾，越過我們和車座椅移動到加布林上。接著伸展身體的同時握住左右兩個握把後——各部分點亮藍色螢光的加布林便緩緩把折疊的翅膀展開。

「加布林的設計是把車子當成彈射裝置升空。妳讓車子加速到二五〇公里。」

GⅢ對ZⅡ如此說道，並且調整當成飛行眼罩用的抬頭顯示器特拉納。讓雙馬尾在風中擺盪的ZⅡ坐到駕駛座後，踩下油門解除自動巡航系統——

「知道了，加速！現在二三〇……二三五公里……！」

外觀變得像是車尾展開巨大翅膀的瑪莎拉蒂在直線道路上疾馳。

墨丘利在上空約三十公尺處，吊著金天朝機場東側滑翔。

看來對方打算甩開我們，找地方著陸後——在那邊瞬間移動的樣子。

在翅膀被風吹得不斷震動的加布林上，用伏地挺身姿勢握住握把的GⅢ——像體操選手般靠著肌肉力量把下半身往正後方水平伸直。但是這翅膀上看起來並沒有足夠讓兩個人並肩搭乘的空間啊。

「喂，GⅢ，我要坐哪裡？」

「等時速到了二五〇公里的時候，裝在翼下的火藥就會爆炸，靠暴風往上彈高。在下面也有把手，老哥就在起飛的瞬間想辦法抓住吧！」

也太亂來了吧……！雖然我一時這麼想，但畢竟是在車輛上搭載飛行機器，早就應該知道起飛過程必須很亂來了。而既然只能兩人搭乘，讓最有默契的我和GⅢ去把金天追回來是最正確的判斷，讓關鍵的金女給最值得信賴的大哥保護也是很合理的人選。就這樣上吧。

「這傢伙操縱起來很困難，我沒辦法把手放開。所以在空中接住金天的任務就交給老哥啦。」

GⅢ接著又對我提出另一項亂來的要求……

「時速──二四七公里、二四八公里、二四九公里──」

同時也傳來ZⅡ念出數位式車速表的聲音。

「──二五〇公里！」「──就是現在！」

隨著那兩人大叫聲，翅膀下發出「轟！」的爆炸聲響，讓加布林提高機頭露出腹部──從瑪莎拉蒂上分離了。

面對暴風反而自己跳進去的我，伸手抓住機翼下的握把。雖然剛開始的高度讓我的鞋子會擦碰到車道──不過GⅢ在機翼上操縱，讓加布林懸吊著我上升了。

短短幾秒內，瑪莎拉蒂的V8引擎聲就越來越遠……

現在只聽得到左右機翼劃開空氣宛如笛鳴般的聲響。

我靠著單槓技巧轉換方向面朝前方後，加布林的推進器「啪！啪！」地藉由噴射一定程度保持住隨著上升而變慢的速度。目前高度五十公尺，還維持在時速一五〇公里。這樣應該能夠追上墨丘利才對。

「真要感謝金一啊。要是飛龍還在，我們五秒就會被擊落啦。」

GⅢ說著，操作襟翼使加布林上升──來到墨丘利後方的上空。

「我等一下下降加速之後，再朝著墨丘利轉為水平飛行。最後會上下反轉貼近飛過，老哥就在那瞬間接住金天。這種救援行動你有經驗嗎？」

「我有被人救過。那時候我騎的腳踏車被人裝了C4炸彈，然後被亞莉亞靠滑翔降落傘一邊飛一邊救出來了。」

「All right，那就上吧。畢竟噴射燃料有限，機會只有一次。穿過去的同時把她抓過來！」

「什麼All right啦——等等，你有看過那個電影（註6）？」

「電影？」

「……還真是偶然啊。」

感覺有點溝通不良的我和GⅢ接著往下降落。

在夜空中拉出藍色螢光線的加布林急遽加速，逼近拍打銀色翅膀的墨丘利。

就在這時，一顆小鋼珠「咻——！」一聲擦過我的臉頰。是墨丘利把身體的一部分像電磁槍一樣射出來的。雖然要是被她張開彈幕會很麻煩，不過她大概也不想讓體積減少，所以並沒有積極射擊。感覺比較像在狙擊。

不只這樣。剛才那顆小鋼珠的彈速也很慢——腳部抓住金天的力量還有翅膀飛翔的力量看起來也都越來越弱。

註6「穿過去的同時把她抓過來」是電影《天空之城》的臺詞。

那傢伙的動力並不是無限的。我猜大概是那個水銀的身體本身形成化學電池，然後現在那個電力漸漸要耗光了。雖然不是我們故意讓她變成這樣的，不過這是個好機會啊。

因為GⅢ剛才說過最後會上下反轉——所以我把腳尖勾到機翼下的握把，讓全身倒吊。就好像那天亞莉亞救我時的樣子。

——回想起來，我的人生從那天起就變得像是動作片電影一樣。

雖然電影只要兩個小時就會結束，但人生會持續下去。一而再再而三，誇張的事情連續發生。

然而，過著這種日子的人並不是只有我。現在我上下顛倒看到的東京一盞一盞的燈光處，全都在上演著像是喜劇、懸疑劇、愛情劇等等，各種類型電影般的故事。只是大哥、我、GⅢ與金女——遠山家的人上演的電影類型註定都是大排場的動作片罷了。

所以說，金天，妳也要做好覺悟喔。

這次的事件只不過是妳的第一部電影——的最後高潮而已啊。

「——要上啦！」

「好！」

除了下降加速之外，排列在加布林機翼後端的推進器也全力噴射。朝著在墨丘利銀色翅膀下瞪大眼睛看著我們的金天，最後衝刺。

想要盡可能把體積用在翅膀上的墨丘利只有用細得像繩索的腳吊著金天。大概是想說反正已經抓到空中，不用擔心金天會逃跑的關係吧。

好，我就靠以前加奈在空地島表演過的精密射擊，用子彈把繩索射斷。而那招用口徑較大的手槍會比較好，於是我拔出老爸留下的槍——沙漠之鷹……

「老爸，或許你不曉得，不過那是你的女兒。為了救她，就借我一臂之力吧。」

如此呢喃後，我瞄準目標。

加布林這時從降落轉移為水平飛行，讓機體都「軋軋軋軋！」地發出扭曲聲響。

墨丘利巨大的翅膀以及金天接著高速接近我眼前。

墨丘利擠出最後的力氣般朝我們射出銀彈，而就像是為了躲避銀彈四似的……

「——要反轉啦！」

GⅢ將重心大幅左傾，讓加布林一百八十度上下翻轉。在反轉的途中單腳跪到機翼上的我——瞄準連接金天與墨丘利的細線的正中間——精密射擊！

噗哧——就在金天因此懸空的瞬間……

——唰——

幾乎無聲無息地——加布林擦過墨丘利的翅膀下，轉為急速下降的同時，我抱住開始自由落地的金天，角度上感覺就像我把金天從繩子上扯下來一樣。

「……哥哥大人……！」

金天的聲音從我懷中傳來——我成功把我的妹妹搶回來了……！

GⅢ在螺旋飛行狀態中再度一百八十度迴轉，同時拍手似地「啪、啪啪啪」噴射推進器——讓加布林恢復上下面。我因此再度用腳勾住加布林懸掛在下面，然後金天在下方掛住我的手。

「好，GⅢ，回到金女那邊！」

雖然墨丘利拍打翅膀回頭，但加布林的速度遠比她快。

——我們贏啦。接下來只要讓金天接觸金女的佩特拉之鑰——

就在我這麼想的時候……

「騙人的吧……喂……」

彷彿是要迎擊往下降落的我們似的……從羽田機場有個巨大的灰色機影往斜上方飛來。用一般飛機不可能辦到的動作幾乎垂直上升的那臺飛機——是貝爾·波音V－22魚鷹式旋翼機，美國海軍陸戰隊的傾轉旋翼機。

「混帳！是美軍啊！」

「是原本預定運送金天的機體……！」

和ZⅡ無法取得聯絡的美軍魚鷹旋翼機朝我們飛來。

可是那樣子有點奇怪。翼尖航行燈沒有點亮，機身後部的艙門也沒有關上。我不認為美軍會讓魚鷹旋翼機在那樣異常的狀態下起飛。而且——降落下來的墨丘利還把翅膀收合起來的同時，衝撞似地飛進那個敞開的艙門。

這下我就知道了——那臺魚鷹旋翼機是N……是尼莫在操縱……！

我靠著爆發模式下的視力也看到她的身影了。在魚鷹的駕駛艙中將操縱交給奔進來的水銀女，身穿軍服軍帽，水藍色短髮雙馬尾的少女……尼莫！

「那不是美軍，是尼莫！要衝上來了，GⅢ快躲開！」

「該死！只有兩個人就算了，可是現在載了三個人啊……！」

GⅢ雖然擺動著加布林，可是因為我們的身體被風吹颳的抵抗力——讓他沒辦法順利轉換方向。畢竟加布林本來設計只是給LOO飛行用的，在這個狀態下太勉強它了。

幾乎像要衝撞似地朝我們飛來的魚鷹——千鈞一髮之際被GⅢ躲開。

全幅二十六公尺的巨大魚鷹與橫幅只有五公尺的加布林上下錯身而過。

「嗚喔……！」

「呀！」

我和金天被魚鷹旋翼產生的強風激烈吹颳。

「嗚喔喔……！」

GⅢ也勉強才維持住飛行狀態，可是——

魚鷹保持著旋翼斜擺的遷移飛行模式「軋軋軋軋軋！」地……讓機體發出軋響，勉強下降。接著調頭飛行——來到我們前方，形成加布林追在魚鷹後方的相對位置。

她們是打算從魚鷹後部敞開的艙門把我們連同加布林一起吞進機內啊。

在機艙中——雙手交抱在胸前的尼莫看著在空中掙扎的我們，露出奸笑。

「……尼莫……！」

從遷移飛行轉換為巡航模式、像空中加油機一樣飛在加布林前方的魚鷹——旋翼產生的強風讓我的瀏海與金天兩邊綁高的馬尾激烈擺盪。

「雖然我一直都在**看你**，不過**被你看到**是從羅馬之後吧。好久不見了，遠山金次。」

尼莫和我交換視線後——接著把軍帽底下、如海底般的琉璃藍色眼睛望向與我牽著手掛在下方的金天。

「——遠山金天同志，與我們一同改變這個行星吧。」

她伸出小小的手，把金天稱呼為「同志」。

看來他們是打算把金天連同她體內的反色金一起拉攏為N的成員。

「遠山金天，我現在只要稍微攻擊，金次就會放開他的手，讓妳摔死。妳如果想活下去，就唯有與我同行了。」

尼莫拔出她的手槍——後期型的拉馬特左輪手槍，扳起擊錘。

在她的腳邊……一條銀色的繩索從駕駛艙穿過機艙，伸到機外。是墨丘利為了把金天拉近機內的救命繩。

但或許是放電電壓低弱的緣故，銀色繩索沒有像機械手臂一樣做出要抓住金天的動作。只是像空中加油機的加油管一樣，細繩隨風擺盪而已。繩子的末端呈現環狀，意思是要金天抓住那個圓環——再把她拉進魚鷹機內吧。

「GⅢ，低空飛行！飛到魚鷹沒辦法穿過的建築物間！」

「不行，現在要是隨便亂動就會捲入氣流……！沒辦法動啊！」

可惡！旋翼造成的強風把加布林完全固定在魚鷹的後方——上下、左右、後方，所有的退路都被封鎖了。加布林的推進力不強，要是被那個像是重轟炸機一樣的強風掃到就會當場被颳走，讓我們分離四散。

「哥哥大人！危險！」

金天看到尼莫的動作大叫一聲，緊接著——

——啪唰！我的腳感受到中彈造成的衝擊。尼莫開槍了……！

拉馬特左輪手槍是42口徑，即使隔著防彈纖維也會受到有如被金屬球棒毆打似的打擊。

那樣強勁的子彈接著又「啪！啪唰！啪嘰！」地擊中我的腿部、腰部、側腹部。

她是打算讓我痛得放開金天，再讓墨丘利把金天拉上去吧。

「咕……嗚……！」

我雖然對痛覺已經很習慣，但是當右手臂被擊中的時候——還是讓吊著金天的右手滑開了。不過左手還沒放開。我死也不會放開！

對我開了九槍的尼莫——把子彈射完的拉馬特槍口朝上，並且在軍帽的帽簷前面用手掌做出陰影，望向倒掛著身體完全無法抵抗的我。

然後將她嬌小的身體微微彎下去，笑了起來。

「該死的小鬼……！」

GⅢ為了射擊尼莫，從大腿部的護具中只露出手槍的槍口，打算化為人肉機槍攻擊尼莫。可是……

「不、不要開槍……GⅢ、咳……！尼、尼莫會施展『次次元水晶』——**可以讓射向自己的子彈擊中開槍的人**！或許你聽起來會覺得莫名其妙，但總之就是你開槍會射到自己啊……！」

沒穿護具的側腹部被擊中的我，一邊咳出灌到嘴巴的血一邊如此大叫。

尼莫則是奸笑看著我，在魚鷹的機艙內——喀嚓，喀嚓，緩緩把九顆子彈裝進左輪彈巢中。她打算繼續對我開槍。

「——混帳！那到底該怎麼辦啦！」

被氣流牢籠封鎖的GⅢ望著在灣岸線的瑪莎拉蒂的方向，顯得很不甘心。

雖然因為濃霧看不太清楚，不過持有『佩特拉之鑰』的金女就在那裡。只要能把金天送到那裡，讓反色金失去力量——就不只是美軍，連N也會判斷不再需要金天。

可是，啊啊……我們卻有如被魚鷹牽引似的，離車子越來越遠……！

——砰！砰——砰！

糾纏不休的尼莫又再度對我開槍，結果42口徑的子彈——劃過扭轉身體的我頸部後方，害我不禁冒出冷汗。但緊隨著「鏘！」的一聲金屬聲響，我背在背後的補習班書包上固定背帶的金屬環被破壞了。

我的書包因此飛到空中——流動似地被吸入魚鷹的機艙內。

是尼莫為了方便回收金天，製造了一個細長型的氣流隧道啊。

「金天同志，在妳哥哥掉下去之前，到我這裡來吧。呵呵！」

啪！啪！簡直就像拷問般——尼莫繼續開槍折磨我。這次隔著護具不斷攻擊我吊著金天的左手臂。一而再，再而三……！

「嗚……嗚嗚……！」

即使隔著護具，中彈的衝擊也不會完全消失。我伸直的手臂就像被球棒一再毆打般，嚴重的傷害漸漸累積。我可以感受到手臂在衝擊力道下被扭傷，骨頭出現裂痕，肌纖維損傷，肌腱漸漸被扯傷。但即便如此……

「哥哥大人……！」

我也不會……放開金天的手……！

「請你……放開、手吧……！」

哭著抬頭看著我的金天如此對我懇求。

「只要把我丟下去，GⅢ應該就能操縱這個機翼了。然後請你們快點逃離這裡。現在就只有這條路可走呀——哥哥大人，請放開手……！」

對於金天為了救我而哭著說出的這段話——

GⅢ大概也知道只有這條路可選的緣故，什麼話也不說。只是不甘心地咬牙切齒，努力操縱著加布林不要讓它失速墜落。

「……誰要……放開手啦……！」

——我——

我有印象。以前在這片天空，在B－2改．加利恩的機翼上——在同樣的狀況中，我曾放開了弟弟——GⅢ的手。因為他割離了義肢。

我可不想再嘗到那樣的滋味……！

「……做哥哥的……怎麼可能……對妹妹見死不救……！」

我的右臂似乎在護具底下出血了，從袖口流出鮮血，隨風飛散。

「做妹妹的也不想對哥哥見死不救呀……！」

金天大概是想要切斷自己的手，與我分離的樣子——從口袋中拿出了單分子震動美工刀。住手，金天，不要這樣……！

「金天！我——或許是個因為妳太可愛而老是很寵妳的哥哥……但是今晚我要對妳說教！聽好，無論發生了什麼事，妳都不准死！就算在超能力戰爭中美國會輸，就算我被開了好幾槍——妳都別死！妳現在已經有一群會為了妳的死而傷心的人……已經有家族了啊……！」

金天對於所謂的『家族』，只知道字典上寫的知識。

與自己的血親——也就是我，認識也是最近的事情。

她還搞不清楚家族的羈絆究竟是多強力的東西。因此我身為哥哥，現在就告訴妳。

「聽好了，金天。死亡的覺悟根本不算什麼覺悟！從今晚以後……妳要抱著比死亡的覺悟更嚴格好幾百倍的——活下去的覺悟！」

「活下去的、覺悟……」

抬頭望著我的金天頓時睜大眼睛。

她自從出生以來，就身為人間兵器——身為一個物品活了過來。所以當自己沒有用處時，也能接受遭到廢棄的命運。對於金天來說，那是很理所當然的事情。她一直以來都抱著要死的時候就死的覺悟活著。

然而真要讓我講起來，那根本是太小看人生了。

一個人比起死亡，活著更加困難。

無論是誰的人生肯定都背負著難以忍受的不幸或苦惱。從出生到死亡都一切順遂充實的人生根本只是幻想。

與生俱來的弱點也一點都不稀奇。有的人生下來就帶有疾病，有的人腦袋或力量很弱，有的人生來貧窮，有的人長相醜陋——大家或多或少都背負著什麼悲慘的命運。絕不是只有金天很特別。

有時候苦惱一直都無法克服，會持續到死亡那一刻。

不，大部分的苦惱都難以克服。正因為無法克服，所以讓人難受。

即便如此，人還是要伴隨著不幸堅強活下去。度過自己困難又看不到盡頭的人生。

想要透過死亡丟棄這個難題，是最懦弱的傢伙才會做的事情。

我不希望自己的妹妹是那樣的人。

我不希望妳用死亡逃避。我要妳堅強面對人生，活下去啊！

「我現在……總算明白自己……為什麼會想要見到哥哥大人了。」

金天睜大盈滿淚水的眼睛——

「其實……我有接到命令，如果自己像剛才被銀色翅膀帶走那樣被敵人抓到的時候，就要結束自己的生命。可是，我做不到。因為我腦中浮現出哥哥大人的身影……」

露出總算察覺到自己心中萌生了家族羈絆的表情。

「現在的我——沒有重要到不惜與哥哥大人死別也想保護的東西。就算是世界和平也一樣。我是為了與哥哥大人在一起，**為了一起活下去**……而相遇的……！」

金天從來都沒有『期望』過什麼事情——即便是像『與家人生活』這樣微不足道的期望也一樣。

因為身為一個物品的自己不會被允許實現身為一個人的願望。認為那是不可能的。

然而——就像妳現在察覺到的。

那只是這個世界對妳的欺瞞。

妳可以辦到。讓我們一起活下去的願望是有可能實現的……！

「金天，妳是我妹妹——遠山金天。我決不會讓妳繼續當什麼人間兵器！妳就背著書包，去學校上課，再畫我的圖給我吧。妳要身為一個普通的女孩子，幸福地活下去……我會讓妳過得幸福……！我們一起活下去吧，金天……！」

在滴落的鮮血被強風吹散之中，我對金天如此大叫。

「……是，哥哥大人……！」

好，活下去！既然決定要活下去了……

首先就要從這座氣流牢籠中找出活路。絕對會有活路……！

我讓爆發模式的腦袋全速運轉，將注意力放向周圍的一切。隔著遠處的雲霧白紗，可以勉強看到想要盡可能接近加布林而高速疾馳的瑪莎拉蒂。位置在我們的右斜後方，直線距離目測一千五百公尺——

「還有活路。」

這句話並不是我——而是對我開槍到又把子彈用完的尼莫說出來的。

墨丘利伸出來的繩環已經飄到我們的旁邊了。

「只要金天同志抓住墨丘利的那個環就行。」

尼莫說著，把拉馬特收進槍套中——從機艙牆邊的架子上……

「呃、喂……」

搬出了連身經百戰的GⅢ都忍不住被嚇傻的AT－4CS反坦克無後座力火箭筒。而且還扛在雙肩上，總共兩把。

既然會在這個距離發射，代表那應該是通常拿來破壞地堡用的HEDP暴風彈。因為我死也不放手的關係，所以她打算連同加布林、連同金天一起炸飛嗎？

就跟在羅馬的貝瑞塔那時候一樣——如果得不到手就殺掉。那就是N的教條。

「金天同志，抓住那個環。妳的活路只有這一條。與哥哥們一起活下去的路，現在就要被我化為不可能了。」

就在尼莫誇耀勝利似地咧嘴一笑的時候——

金天對著尼莫……

……呸。

吐出舌頭，扮了個鬼臉。可愛得像個普通的小學女生。

看到她那張臉——明明在這樣的狀況下，我也忍不住笑了。很好，就是要那樣。金天，妳只是個普通的小學女生啊。

妳現在已經脫胎換骨了。從人工天才變成了一個普通的女孩子。

「GⅢ，謝謝你幫忙到這邊。大哥和金女就拜託你了。另外，很抱歉我說你那件披風很矬啦。」

我如此說完後，盯著尼莫。就像在表明「妳要射就射吧」的意思。

「老哥，祝你幸運。不，我相信你絕對沒問題。」

GⅢ從我的發言中，兄弟連心——似乎看出了我想到的作戰計畫。

而尼莫大概是判斷我們已做好了覺悟……

「……打靶遊戲我也玩膩了，就用這玩意做個了結吧。Enable，化不可能為可能的男人，當你和我在一起的時候，誰都不知道會發生什麼事呀。」

她瞇起深藍色的眼睛，露出嗜虐的笑容……

從距離我們不到十公尺的地方，將左右兩把無後座力火箭筒的發射鈕按了下去。

就在那瞬間——我眼前的一切變成了爆發模式讓我看到的超級慢動作世界。

發射器為了緩和後方火焰而排出的鹽水蒸氣，在魚鷹機艙內颳起白色的漩渦。

從左右火箭筒射出的兩枚砲彈並不是一般的錐栗狀彈頭，而是黑色的槌形複列彈頭。果然是HEDP暴風彈。

從因為推進劑燃燒的熱浪而看起來扭曲的尾端六枚尾翼的形狀看來——那彈頭應該是市區戰鬥用——為了能夠穿破門板或牆壁之後在另一側爆炸，所以搭載的是碰到東西之後經過零點五秒才會引爆的延遲式觸發引信。

就在那兩枚飛彈朝我飛來的時候——

我已經將金天嬌小的身體拋到加布林上方。而看出我行動的GⅢ也早已放開加布林，在空中接住了金天。

（——『砲彈回射』——！）

依然用腳倒掛在加布林下方的我，用右手抓住稍微比較早飛來的砲彈，利用它的火箭推進力道，以自己的身體為軸心揮轉手臂，使砲彈調頭回轉。過程中小心注意，不要讓它受到衝擊而引爆。

另一枚砲彈則是從像顆陀螺般旋轉的我身邊飛了過去。而我同時用左手掌底略帶秋水地觸碰了一下那顆形狀像酪梨的砲彈，故意給予它衝擊。

調頭回轉的暴風彈轉到一百八十度的時候從我手中離開——飛向魚鷹。

而穿到我背後的砲彈則是在零點五秒後——爆炸了。

（尼莫，光那一枚砲彈可不足夠回敬妳剛才對我開的十八槍，所以再追加一份——就是我自己！）

就在那瞬間，我抓住墨丘利的繩環。

在我背後產生的暴風將加布林折成了兩半——

而我也被風壓推往尼莫的方向，掉落到後方的GⅢ與金天則是被吹離現場。

宛如追在被我靠砲彈回射擲出去的暴風彈後面似的——我也順著墨丘利的繩索與尼莫製造出來的氣流隧道，從頭部飛向魚鷹機艙。

「——」

尼莫見到飛回自己方向的砲彈，當場睜大眼睛。

不過要是擊中尼莫，搞不好會出現次次元水晶——因此我不是讓砲彈瞄準尼莫，而是讓它擊中尼莫前方像溜滑梯一樣敞開的艙門地板。

第二枚砲彈因此引爆，產生和剛才在我背後爆炸的砲彈相同威力的暴風朝我吹來。我就靠著那個風壓減緩速度，用雙手保護著臉部落到艙門地板上。

這是以前蕾姬在新幹線上戰鬥時利用武偵彈表演過的招式，靠暴風飛行的『連跳八艘船』，再加上這次靠暴風剎車的『連停八艘船』——辦到這項新的亂來招式之後……我的周圍從超級慢動作世界又恢復到正常的時間速度。

抬起沾滿黑炭的臉一看，被暴風颳到的尼莫正一屁股跌坐在機艙內。

雖然我好像有瞄到她軍服短裙底下穿著黑色絲襪的兩腿中間——不過我暫時先丟下她不管——穿過艙門與機艙，衝進因為開著門而充滿煙霧的駕駛艙中。

在裡面的墨丘利因為體積減少而變成了水銀少女，坐在駕駛座上只讓兩手與頭部前後互換，準備抓向我。於是——

「妳給我差不多一點！」

——碍！我朝她的腦袋瓜賞了一記櫻花鐵拳，同時狠狠踹出一腳。不是踢向墨丘利，而是往她兩腿間的座椅彈射拉把。

隨著「砰！」的一聲，駕駛艙的前方與上方擋風玻璃同時彈開，接著我把腳縮回來一秒後——啪咻————！

駕駛艙內冒出激烈的白煙……墨丘利連同駕駛座椅，為了避開旋翼干涉而被彈射到前方。一路來與我們交手都表現不錯的水銀女就此退場了。

「……嗚……」

魚鷹不但失去了駕駛員，又因為暴風彈引起火災，從艙門漸漸延燒到機艙中——而我則是在機內轉回頭，用眼睛尋找剛才應該被吸進機艙內的補習班書包。為了等一下可以用裝在書包裡的氣囊彈脫逃到地上或海上。

但是因為濃煙的關係，我找不到書包。而且……尼莫的身影也消失了。

大概是剛才墨丘利為了把我排出去的關係，機體呈現機頭向上的姿勢。而這個角度讓我看到了艙門外，GⅢ把披風展開成像是紙飛機的形狀——抱著金天搖搖晃晃飛向首都高灣岸線。

「——哥哥大人！」

爆發模式的聽力讓我聽到了金天朝我大叫的聲音。能夠看得比普通望遠鏡更遠的爆發模式視力也清楚看到了她的臉蛋。太好了，她平安無事。

抱著金天的GⅢ這時忽然向下墜落，不過那兩人的身體接著被好幾枚的磁力推進纖維盾包覆撐住……最後順利被瑪莎拉蒂上的大哥接住了。

他們就這樣順勢滾到車內，金天抱住金女——的瞬間——

我看到從金天的胸口「啪啪啪！」地爆出閃光。

有如大型仙女棒一樣，細微的光芒不斷爆出來。從金天背後也能看到有光芒爆出。不過那並不是會傷害身體的火花——從視覺上就能知道，那是金女手上的指環發動佩特拉之鑰的力量所造成的效果。

在車上的ZⅡ當場驚訝地呢喃了些什麼話。因為距離有兩公里以上，我就算靠爆發模式也沒辦法讀脣——不過勉強有聽到「反色金的……消失了……」等等幾個英文單字。更重要的是，聽到她這句話的GⅢ與金女開心的表情，以及大哥鬆了一口氣的表情，都顯示出反色金的機能已經順利停止。

（——成功啦……！）

這次雖然也是驚險萬分，不過只要有心還是能辦到啊。

靠著大哥、GⅢ、我、金女、金天——還有老爸——家族們大家的力量。

……等等，現在不是感動的時候啊。我自己也必須從魚鷹上脫逃出去才行。

就算爆發模式再厲害，從這樣的高空墜落下去還是會沒命的。

於是我一邊警戒尼莫，一邊繼續在機艙內尋找書包——可是因為火災的濃煙礙事，讓我沒辦法馬上找到。難道是尼莫把書包偷走，用降落傘之類的東西脫逃出去了嗎？

「…………」

不，不對。尼莫還在。爆發模式的聽覺捕捉到聲音了。

她既不是在機外，也不是在機內，而是在機體上……！

Go For The NEXT!!! 遠洋孤島的晨光

在機艙的艙門邊緣有一道梯子——

於是我爬上尼莫應該也是通過這裡的梯子，來到魚鷹的機體上面。

下方可以看到剛才被彈射出去的墨丘利變形成鳥在空中滑翔，不過她已經耗盡力氣，也沒辦法靠氣流上升……只能落向海面。大概是真的把電池用光的緣故，她接著就那樣動也不動地沉入海中。如果復活需要什麼充電器之類的東西，她大概就要永久在羽田海灣的海底沉眠了吧。

然後，在這臺全幅二十六公尺，全長十七公尺的魚鷹旋翼機——的機頂上——看到了。

從軍帽旁伸出來的藍色雙馬尾隨風擺盪的尼莫就站在那裡，可是沒看到我的書包。

也就是說，武偵彈還在機艙內嗎？不……畢竟尼莫的個性陰險，搞不好故意把我的書包藏在機內很難找到的地方了。若是那樣，我只能逼她把書包交出來了。

「尼莫，讓我告訴妳一個小常識。至今我搭過的飛機中，三臺就會有一臺墜機喔。」

我用八岐大蛇拔出雙槍，故意讓對方看到裝上切割式彈匣彈鍊的樣子。畢竟次次元水晶雖然可怕，但如果子彈數量增多或許尼莫也會應付不來。因此只要我沒有告訴她這個特殊的裝彈系統可以射出幾發子彈，就算沒有真的開槍應該也能達到牽制的效果。而我這樣的推測似乎正確的樣子——

尼莫露出有點生氣的表情……從軍帽底下瞪著我。

讓王將親自衝入敵陣的「入玉」戰術，在職業棋士中根本不會有人使用。這次完全是你們的戰術失誤啊，尼莫。

相對地，衝入敵陣靠爆發模式升級為「成金」的我，現在已經要將軍啦。

「沒想到你居然可以讓狀況發展到跟我一對一單挑。就讓我稱讚你吧。」

露出成熟笑容的尼莫與我——在機腹因為火災而漸漸延燒的魚鷹機頂上互相對峙。烈焰從機體底部一路燒到機頭的駕駛艙，左右是黑色的旋翼，背後冒出火柱的尼莫……看起來簡直像是地獄的惡魔。

因為機頭朝上的緣故，尼莫感覺就像站在我眼前一座微傾的斜坡上。在我們下方則是夜晚的東京灣。

「副駕駛座現在應該也燒起來了，沒辦法緊急逃脫囉。」

「你的意思是我們要同歸於盡了嗎，遠山金次？」

「化不可能為可能的男人，與化可能為不可能的女人——相加為零，或許也很淒美吧。但無奈的是，我缺乏對那方面的美感。剛才我掉進機艙的那個書包裡，有特殊的子彈可以讓人從這樣的狀況中生還。不過妳的手槍和那子彈口徑不同，無法使用。如果妳願意跟我一起到機內找出書包，我也可以考慮救妳一命喔？」

我透過話語想要套出尼莫有沒有把書包藏起來，結果——

「呵呵！你是不是忘記一件事了？」

尼莫彷彿在說『沒那種必要』似地咧嘴一笑……

在她身體周圍冒出了藍色的發光粒子，是瞬間移動的光芒。粒子分裂為兩顆、四顆、八顆，轉眼間越來越多——變成一團藍色的霧氣。霧氣的大小……莫名的大，感覺是可以容納兩個人的尺寸。

「遠山金次，雖然你似乎有準備好脫逃手段才前來，但是現在找不到你要的東西。畢竟你的書包搞不好已經被我丟到海裡啦。」

面對腦袋好像比爆發模式下的我還要聰明的尼莫，看來反而是我洩漏情報了。尼莫微微張開她的雙臂，擺出歡迎我過去的姿勢。

「換句話說，能夠保證讓你活下去的路，就只有和我一起來了。至於目的地，你應該知道吧？」

——『N』嗎？

畢竟他們從以前就在邀請我了。我之前在羅馬應該已經鄭重拒絕過才對，但就算不是為了拉攏我為夥伴……也有可能是為了把我帶到自己陣地殺死的作戰。

魚鷹一分一秒漸漸燃燒，再過幾分鐘就會空中解體了。

我書包的下落只有尼莫知道，也搞不好連尼莫都不曉得。就算我現在自己一個人到濃煙密布的機艙去找，在尼莫的妨礙下短時間找出來的可能性很低。

這下我的眼前出現兩個選項，要不就是與尼莫同行，要不就是在羽田的空中喪命。

然而——這兩項都不是我的選擇。

「……真是沒轍。好，我就到N參觀一下吧。」

我用八岐大蛇收起手槍，爬上灰色的斜坡走近尼莫。

那團發光的霧氣如果在移動的瞬間站到內外交界處，身體就會被扯斷，相當危險。在這點上尼莫自己應該也是一樣。

尼莫的身體很嬌小，要是忽然被我推一把，應該就會因為體重差異讓她身體的一部分被推到外面。在那樣的狀況下，尼莫就會取消瞬間移動。而瞬間移動似乎不是能夠連續使用好幾次的招式。就算她能連續使用，我就再把她推出去。

這樣一來，脫逃手段就只剩下我的氣囊彈了。如果是尼莫把我的書包藏起來，她應該就會乖乖拿出來。如果不是她藏起來，我也可以和她兩個人一起到機艙去找。

我接近尼莫……走進她的霧氣內。視野頓時被藍光包覆，讓我自己的身體看起來也是藍的。

「很聰明的選擇，遠山金次。」

她沒有稱呼我為金次**同志**。可見她果然是打算把我帶到自己陣地殺掉。

就在尼莫把注意力集中到瞬間移動，微微低下頭——光芒急速增強之中——

我站在她正面……準備等一下抓住她的肩膀，把她穿著軍服的嬌小身體推開，於是在心中倒數計時。

——三、二、一——就是現在！我伸出手要推向尼莫的肩膀時……

「那麼我們走吧。」

尼莫忽然挺直身子，抬頭看向我。

結果她的姿勢因此稍微改變。

但我已經推出去的手停不下來。

原本打算抓住她肩膀的手……

——噗！

抓、抓到啦……！尼莫那對亞莉亞以上，理子以下，與蕾姬同等的……**胸部**……！

而且是兩手，抓住雙峰。為什麼我要在這種時候發生這種失誤啦！

「——！」

感覺奸險的雙眼頓時睜大的尼莫——嚇得讓雙馬尾都彈了起來。而我也——因為一直以來都視為強大敵人的尼莫，胸部居然和普通的女孩子一樣柔軟而嚇到了。

「……嗚……？」

「——？」

尼莫發出慌張的聲音，而全身僵硬的我也抓著她的雙峰看向周圍。

發出強烈藍光的霧氣**扭曲變形**了，是因為尼莫的注意力被嚴重擾亂的關係。

雖然扭曲的形狀沒有到會切斷我們身體的程度，但是很奇怪。頭頂上的部分往下凹陷，讓形狀看起來就像個愛心。

尼莫總是自信滿滿的臉蛋也露出我第一次看到的表情。慌張，焦急，也有點發青。

──失敗了。這個危險的瞬間移動招式失敗了。而且尼莫似乎沒辦法讓它停止，也沒辦法從霧氣中逃出去的樣子。到底怎麼回事？究竟會發生什麼事──就在我如此臉色發青的時候……

──啪──

我的視野無聲無息地忽然切換。

（……嗚……）

之前猴那時候也是一樣……感覺就像被光芒包覆中，只有周圍空間忽然切換。

剛才在魚鷹上感受到的風壓現在已經消失。取而代之的是從四面八方壓向我全身的另一種壓力。這是、水壓──！

我現在在一片昏暗的水中。因為來不及憋氣，讓水灌進了我的口鼻。略帶苦味的鹹味。是海水。

（海中──是移動到羽田的海中了嗎──？）

不，不對。水溫有點高，有二十五度。

除此之外能夠知道的，頂多就是空間的上下關係。因此我不管三七二十一──總之為了呼吸空氣而拚命往上游。

我的手已經放開尼莫，沒有再觸碰到她。我們分散了。

「——呼啊！」

來到海面了。太好啦，可以呼吸到空氣。剛才透過水壓就能知道，我瞬間移動後是在海中深度約五公尺的地方。不過——嘩沙沙沙沙沙沙沙沙——

從天上落下溫暖的水滴，激烈拍打在周圍的海面上。是雨，有如暴風雨般的豪雨。

我瞇著被濺起的海水潑得很澀的眼睛，環顧四周——

——不對。這裡果然不是羽田海灣，看不到機場。

不只這樣，四周根本看不到岸。是在一片大海之中。

在水平線的方向——那地方沒有下雨的天空是呈現不知黃昏還是早晨的一片薔薇色。從混雜深藍與紫色的雲層縫隙間也能看到橘紅色的太陽。

時間改變了。可見我移動到的地方與日本有時差是嗎？

（該死……這裡到底是哪裡……！）

即使被豪雨干擾，我還是努力擦拭眼睛確認周圍——

結果在遠方——看到了像是陸地的東西。面積不大，是兩座並排的小島。

不，現在不能奢求太多，總之要先上岸才行……！

有點像在海上漂流般，我穿著衣服不斷地游，不斷地游。名副其實地拚命往前游。

隨著時間經過，太陽移動到比水平線更上方的位置。可見那不是夕陽，而是朝陽。

幸運的是，海流的方向剛好朝著小島……因此我好不容易靠近到島邊……

在小島前用打水的腳往海底一蹬，站起身子。水深已經只剩下幾十公分而已了。

疲憊不堪的雙腳踩踏到的海底很柔軟。是沙。明明距離海面邊緣還有三十公尺以上卻能踩到沙子的淺灘，可見現在是漲潮。到退潮的時候，這裡就是沙灘了。

我用腳踢開海水，「嘩唰嘩唰」地走向小島。

雖說是小島，靠到這麼近感覺也是看不到整體的一片陸地。雖然沒有實際測量也不知道，但估計大概是一公里見方吧。

總算走到沙灘上之後，我看向正面長滿綠樹的山丘。標高大約兩百公尺左右吧。在稍隔一段距離的左方——也就是西方，還有另一座較矮的山。剛才我從遠處看起來是兩座小島，但其實是呈現8字型的一座島嶼。

隨著雨勢漸弱，視野也漸漸變得清楚。西邊看起來像小島的區域，似乎被環狀的珊瑚礁包圍著。也就是說，看起來像是火成岩島的這邊應該也有堡礁吧？剛才我因為只顧著拚命游泳，根本沒餘力觀察海底啊。

我後來在島上稍微繞了一下……沒看到房子、棧橋、鐵塔或道路等等東西。連一個人造物都看不到。

不，看到了。從海中被沖到白色沙灘上，我一點也不想看到的東西。

那是——有著黑色的帽簷以及『N』字帽章的——軍帽。

還有……穿著軍服倒在帽子旁的……

（尼莫…………）

大概是順著海流沖來的——尼莫。

她似乎比我稍早一些漂流到島上，然後隨著退潮……現在海浪只有打到她小小的腳。

我小心翼翼接近一看，她並沒有死。應該只是昏過去而已——

可惡！這樣我根本什麼也不知道。這裡……到底是什麼地方啊……尼莫！

Go For The NEXT!!!!!

後記

大家好！我是自家的智慧住宅功能變得越來越多的赤松。OK Google!

這次的內容是遠山五兄妹全部出動解決事件，堪稱是紀念碑的一集。畢竟是在兄妹面前，感覺金次比平常還要有幹勁呢。別看金次平常那樣，其實他或許很愛面子喔。

然後——尼莫終於出陣了！跑出來啦！可怕至極，又可愛至極的敵人！哎呀～連我都很期待第二十八集究竟會變成怎樣了。每次當新書出刊的時候，當天就立刻讀完的讀者大人們總是會在Twitter上問說「下一集還沒好嗎～？」之類的話，不過這次連我都很想問自己「下一集還沒好嗎～？」呢。

當我在寫小說的時候，總是盡可能親自到做為舞臺的場所拜訪一趟。

寫第七集的時候就搭著新幹線，拿著馬表在車上走來走去。寫第十三集的時候就到香港參觀，第十五集時有搭纜車登上白朗峰，到巴溫頓坦克博物館參觀了虎Ｉ戰車與95式輕戰車，第二十一集的太空——雖然我很想去，但無奈民間太空旅遊還沒開始，所以是去了一趟佛羅里達的甘迺迪太空中心。

——也就是說——為了寫第二十八集，我這次難道要前往汪洋中的孤島嗎！

言歸正傳……

這次是冬季的亞莉亞&Cheers愛的鼓勵祭典，三本書同時發售喔！

首先是這本亞莉亞第二十七集，以及敝人的新作《Cheers! 愛的鼓勵》第二集同時出版。

再加上《緋彈的亞莉亞ＡＡ》最新第十三集也幾乎同時發售。

《Cheers! 愛的鼓勵》同樣是由こぶいち老師負責插圖，描寫一群啦啦隊員的故事。在第二集中將會有很像是白雪（？）跟很像是理子（？）的角色初次登場，因此應該可以藉此補充一下白雪‧理子性的赤松成分喔！

另外，在《緋彈的亞莉亞ＡＡ》最新第十三集中，人氣很高的萊卡&麒麟、夾竹桃、高千穗麗等等人物也會陸續登場。在這次的亞莉亞第二十七集中也有登場的乾櫻也會在那邊活躍表現，請務必一起閱讀！

那麼就期待下次，冬雪融化、新花綻放的時候再相見。

二〇一八年一月吉日　赤松中學

祝 アリア 27巻!!
※賀亞莉亞第27集出版!!
■金天妹妹的小鳥名牌因為構圖之類的原因，到最後一次都沒畫到啊。太遺憾了……！

浮文字

緋彈的亞莉亞（27）那由多的彈奏

（原名：緋弾のアリア XXVII 那由多の弾奏（カウンター・アイ））

作者／赤松中學　封面插畫／こぶいち　譯者／陳梵帆
發行人／黃鎮隆　副總經理／陳君平
總編輯／洪琇菁　國際版權／黃令歡
執行編輯／呂尚燁　美術編輯／陳聖義
企劃宣傳／邱小祐
出版／城邦文化事業股份有限公司　尖端出版
台北市中山區民生東路二段一四一號十樓
電話：（〇二）二五〇〇七六〇〇　傳真：（〇二）二五〇〇二六八三
E-mail：7novels@mail2.spp.com.tw
發行／英屬蓋曼群島商家庭傳媒股份有限公司城邦分公司　尖端出版
台北市中山區民生東路二段一四一號十樓
電話：（〇二）二五〇〇—七六〇〇（代表號）
傳真：（〇二）二五〇〇—一九七九
北部經銷／祥友圖書有限公司
電話：（〇二）八五一二—三八五一
傳真：（〇二）八五一二—四二五五
中部經銷／楨彥有限公司
電話：（〇二）八九一九—三三六九
傳真：（〇二）八九一四—五五二四
雲嘉經銷／智豐圖書股份有限公司　嘉義公司
電話：（〇五）二三三—三八五二
傳真：（〇五）二三三—三八六三
南部經銷／智豐圖書股份有限公司　高雄公司
電話：（〇七）三七三—〇〇七九
傳真：（〇七）三七三—〇〇八七
一代匯集／香港九龍旺角塘尾道六十四號龍駒企業大廈十樓B&D室
電話：（八五二）二七八三—八一〇二
傳真：（八五二）二七八二—一五二九
馬新經銷／城邦（馬新）出版集團　Cite(M)Sdn.Bhd.
E-mail：Cite@cite com my
法律顧問／王子文律師　元禾法律事務所
北市羅斯福路三段三十七號十五樓
二〇一八年七月一版一刷

■中文版■

郵購注意事項：
1. 填妥劃撥單資料：帳號：50003021戶名：英屬蓋曼群島商家庭傳媒(股)公司城邦分公司。2. 通信欄內註明訂購書名與冊數。3. 劃撥金額低於500元，請加附掛號郵資50元。如劃撥日起 10～14日，仍未收到書時，請洽劃撥組。劃撥專線TEL：(03) 312-4212 ・ FAX：(03) 322-4621。E-mail：marketing@spp.com.tw

國家圖書館出版品預行編目資料

緋彈的亞莉亞27 / 赤松中學 著； 陳梵帆 譯.--1版.
--臺北市：尖端出版, 2018.07
面 ； 公分.--(浮文字)
譯自：緋弾のアリア
ISBN 978-957-10-8205-9(第27冊：平裝)

861.57　　107008073